AF582930

ODYSSÉES AFFECTIVES

Pour l'auréole (recherchée) de l'amour fou ou perdu

Wilfried Dally

ODYSSÉES AFFECTIVES

Pour l'auréole (recherchée) de l'amour fou ou perdu

(Poésie)

ISBN : 978-2-37806-463-1

PRÉFACE

C'est un secret de polichinelle, la Poésie est le genre littéraire le plus utilisé en Côte d'Ivoire. Elle est d'une nitescence et a atteint son acmé. Le théâtre et le roman, quant à eux, suscitent peu d'intérêt. Ils sont obombrés. La Poésie semble plus pratique et alliciante. Les Poètes contemporains optent pour la Poésie Libre. Ils se passent de quelques caligineuses formes antiques traditionnelles affreuses et complexes. Beaucoup de Poètes libres ne savent pas définir ou fabriquer un quatrain, un sonnet, une rime plate ou un digne alexandrin. Les figures de style semblent tellement dispendieuses et inexpugnables à analyser face à un public lecteur hypégiaphobe pressé et grégaire qu'il faut dorénavant écrire le plus simplement possible, sans image. La littérature est en évolution, dit-on. Le débat reste ouvert…

Mais dans la Poésie Libre, il y a quand même de la démarcation et du génie. Plusieurs jeunes auteurs ont finalement dans la foulée beaucoup à dire, selon l'expression de Jean-Paul Sartre, et ils savent le dire. Wilfried Dally en fait partie. Il s'est déjà signalisé et illustré avec ses quelques poèmes dans l'Anthologie « Worilagnon – Dans les méandres du paradis » (Abidjan, GNK 2021). Son ouvrage « Odyssées affectives » est sa première publication personnelle. Le titre de son ouvrage est une antonomase. Il semblerait qu'il est question d'un voyage hypocoristique et immarcescible. L'auteur, germaniste de formation, nous fait voyager dans son monde, tantôt avec un niveau de langue française conséquent, tantôt dans un français ivoirien adapté puis avec quelques ivoirismes et germanismes. Il nous fait voyager aussi entre l'Afrique et l'Europe, entre l'amour et la haine.

Avec beaucoup d'humilité, le « je-lyrique » se veut incoercible et satirique dans ses expériences d'altérité. Il ne se veut pas poète mais imager « Ne m'appelle pas poète, mais je suis un imager, je vends des images sélectives d'une réalité en morceaux » (Préambule). On aurait bien compris : l'auteur est altruiste et humaniste et rêve d'une thébaïde, d'un monde meilleur dans lequel règnent la justice, le respect et l'égalité. L'auteur rêve d'un monde où la dissemblance est une richesse. L'auteur est zététique face aux regards interrogateurs et accusateurs, face au mépris et au rejet que peuvent subir les personnes dites de couleur en Europe.

D'ailleurs l'auteur ne rêve pas que de justice. Il rêve d'amour. A côté de ses vers d'injustice, son ouvrage a des traits du pétrarquisme. Il semblerait que le « Je-Lyrique » dédie l'ensemble de ses poèmes d'amour à une âme gironde, une sylphide, une égérie pour laquelle il éprouve un amour encore sans retour. Il déclare sa flamme d'amour avec volubilité et jaculation et attend le coup de grâce. Il est ébloui par tant de beauté et perd son latin. Il est en érubescence, affriandé. Il la contemple (Contemplations). Dans ce monde dominé par l'argent et par les intérêts, et avec le féminisme radical, on peut entendre encore le salmigondis que la Poésie qui vise à courtiser la femme est obole. Mais Wilfried Dally, accort, nous renvoie à des valeurs singulières et morales traditionnelles. Il nous incite au respect de la femme. Sans obsession féministe, il chante la femme et prône l'amour. C'est une démarche assez conséquente et dystopique pour une jeunesse masculine phallocrate qui a lâchement perdu tout goût pour la galanterie et qui, avec impéritie, résume toutes les femmes à des frivoles, lorettes, ilotes, affairistes, pelleteuses de nuage, hypergamiques, prostituées latentes voire narcissiques qui n'ont juste d'yeux que pour l'argent et le matériel. Il faudrait en effet, eu égard à l'effrayante actualité des cas de viols et de meurtres à la Jack l'éventreur en Côte d'Ivoire, dégauchir et rééduquer les jeunes hommes dans leur manière de courtiser la femme et repenser l'amour dans une société inique, une pétaudière à cheval entre la tradition et le modernisme.

Face à tant d'injustice dans des sociétés dites modernes à l'ère de la mondialisation, face à tant d'incertitude pour un amour brulant éventuellement à sens unique, l'auteur expérimente des crises existentielles. Mais il ne prône pas le radicalisme sartrien ou camusien. Il cherche à se connecter à une divinité. Il est janséniste. Il crie donc à Dieu qui semble cependant lui faire la sourde oreille. Mais il ne se décourage pas. Il l'exalte, il chante ses louanges et le place au-dessus de tout. Il l'implore et le remercie d'ailleurs pour la si magnifique créature qui le recréé et dont, dithyrambique, il ne cesse de seriner la beauté et le charme vulnéraire.

Peut-être est-il expédient de souligner à tous ceux qui ouvriront ce recueil de poèmes qu'il faudrait dissocier l'auteur de son « je- lyrique ». Celui-ci n'est qu'un jeu lyrique dont l'enjeu n'est pas immédiatement la recherche autobiographique mais l'herméneutique…

Pourquoi faut-il écrire et bien ? Un livre est le miroir de la société, il ne problématise pas seulement les tares de la société mais il reflète aussi la capacité cognitive de la société. L'Europe domine la littérature mondiale. Elle est certes beaucoup plus médiatisée, mais l'Europe a eu beaucoup à dire depuis l'Antiquité jusqu'à l'époque contemporaine. L'Odyssée de Homère est d'ailleurs une épopée grecque antique qui relate en partie la guerre de Troie. Des ouvrages de poésie classique qui ont fait le plus de résonance ont été rédigés autour du Siècle des Lumières, de la Révolution Française, de l'absolutisme, de l'autocratie, du national-socialisme et du fascisme, de la lutte des classes sociales, à prix de sang et d'encre.

Aujourd'hui, l'Afrique a derechef beaucoup à dire à l'aune de la misère, par rapport à l'injustice de la mondialisation. La Côte d'Ivoire aussi. Ses sociétés sont en déliquescence, ignivomes. Il serait judicieux pour les écrivains et pour les Poètes en particulier – puisqu'il s'agit ici d'une œuvre poétique – d'écrire dans les règles de l'art afin de pérenniser leurs strophes dans la littérature mondiale. Le recueil de poèmes de Wilfried Dally est d'une jouissance cérébrale tant elle ébaudit et instruit le lecteur. Il a été rédigé avec beaucoup de patience et de motifs de poésie classique á découvrir et à savourer avec gourmandise et rémanence. Le Poète est un polymathe impétrant. Il respecte les fonctions de littérature, de la poésie et mérite d'être connu du public et un franc succès.

David Landry So
Bremerhaven, le 30/12/2021

L'art des vers est l'alchimie qui transforme en beautés les faiblesses. […]
L'art d'aimer, venant d'un coup, rompt la liaison des mots *aimer sans espérance*, qui est l'essentiel ici, car ce n'est pas que d'aimer qu'il s'agit.[1]

[1]Louis Aragon : *Les yeux d'Elsa*. Editions Seghers, Paris, 1942. P. 9-11.

J'ai partagé le melon de ma vie
Et comme au sourd le bruit et le silence
Les deux moitiés en ont même semblance
Prends la sagesse [et contemple, dans l'amour,]
la folie[2]

[2]Louis Aragon : *Le Fou d'Elsa*. Editions Gallimard, 1963. P. 7.

Préambule

Zu merken : Je ne fais pas de la poésie,
mais de l'imagerie
d'un cœur en lambeaux

Nochmals : mes mots sont sélectifs
pour un cœur sous sédatif

Wichtig : aussi sombres semblent mes mots,
ils auront de la lumière aux yeux de celui ou celle qui saura les contempler...
Là réside mon imagerie ;
pas une image qui rit,
mais celle qui réfléchit,
à l'ombre du réel...

Überhaupt : Donc ne m'appelle pas poète,
mais je suis un imager
Je vends des images sélectives
d'une réalité en morceaux
Mes mots ne sont pas sots
Mais des sceaux
À graver à ces cœurs
Qui ont perdu le sens du réel
À cause de la poésie
Je vous peins des images
Pas avec le cœur
Mais avec les yeux

Pas avec des sentiments
Mais par des contemplations
Pas avec de l'encre ou des couleurs
Mais avec des larmes et mes douleurs
Pas avec un stylo ou une plume
Mais avec un marteau et une enclume
Pas par inspiration
Mais par instinct
Je suis un Dally

Dementsprechend : je n'écris pas de textes,
Mais je vends des mots en images.
Je reçois la marchandise
Soit par vision
Soit par illuminations
Soit par option
Soit par hallucinations
Soit elle est d'ailleurs
Soit elle n'est nulle part

Mes vers ne sont plus au nombre complet;
Ils viennent de perdre une côte aux lettres.
Donc en attendant son retour d'Eve,
Je rêve de *versettes*
Dans ce beau gouffre d'imagerie,
Monde de *verserie.*
Là-bas, tout est signet, en mouvement coloré, dans ce vivant livresque!

Le couloir noir

Il m'a semblé que la vie est liée à un fil ...
Le fil de la vie est fait de fines tresses ...
La vie reste dans des tresses infinies et sur un fil opaque ...
Je me laisse diluer par la vie et pose mon lit sur ce fil ...
Mon âme vit célibataire
Mon cœur est rendu saint
Mon esprit devient calme
Mon corps dans le bien
Je ne veux pas me pétrifier
Mais me réduire étoilé
Parce que je te désire
Parce que je me vois par-delà toi
Parce que mes sentiments sont au noir sans toi
Bien que je prenne des voies blanches à mes déplacements vers toi
Viens fortifier ma vie
Viens renforcer mon fil
Allez, renforce mes tresses
... lumière de renommée!

Histoire de vie

Toute ma vie, j'avalais mes sentiments envers ces créatures
Qui ont un pouvoir de beauté qui tue.
Les autres le criaient
À mon cœur défendant;
Moi je les faisais taire
De peur de me dérober de ce qui a toujours fait ma vie,
Je rends mon cœur muet
Quand il veut parler
Je castre mes pulsions
Quand elles veulent s'éveiller
Je bande mes yeux
Quand ils contemplent
Je me démembre de toute sentimentalité
Car de là à ici, j'avais un seul code, une éthique, un seul principe : ne pas, voire ne jamais laisser parler ce cœur;
Fragile de son état, je l'aimais inconditionnellement,
Habile par ses battements, je craignais d'être dérouté par ceux d'en face
Même étant muet, les coups de la vie lui parlaient fortement, amèrement, incompréhensiblement.
Il ne devait répondre.
Même étant castré, elle continua de me montrer son côté carcéral,
Tel le bruit de la casserole,

Précipitées par inadvertance contre le sol,
Mes contemplations sonnaient en moi de répondre ;
Et là je compris que la vie est ce bois de fagot
Qui brûle jusqu'à cendre
Et qui vous laisse des traces de feu à maîtriser
Mais là je me suis fait dompter littéralement
Par l'imprévu
Donc là je m'y attache vivement
Jusqu'à ce que je la revoie sous la nue...

Moment de silence...

J'ai laissé ma chair faire du bruit
J'ai blessé ma chair pour faire luire
Quelque chose qui méritait de briller
Mais mon esprit me pousse au silence
De la chair et à marcher dans un silence
De chair
Je fuis chaque jour
Mais je ne jouis pas de cette fuite
Car je t'ai fait cher
Tout en moi loue ce silence
Pour atteindre le moment
D'être celui qui t›est cher
Silence de mort ou silence de mors ne traduit pas
silence des mots
Car mes mots diront le silence de mes maux
Car mes mots soigneront les blessures de ma chair
Car mes mots seront l'Esprit...

Pirate du cœur...

Tout a été brusque
Quant à ta présence
Et même là encore je m'en offusque
Tout a été si rapide
Que mon corps a lâché prise
Et même là encore je n'en peux plus
Tout a été si prompt
Que ta venue m'a anesthésié
Et même là encore je ne me meus plus
Tout a été si vif
Que ta tenue m'a liquéfié
Mais j'ai voulu te fermer mon cœur
Car mon esprit avait enfermé mon cœur
Et même là encore ton attaque a été pointue
Et pourtant je me suis rendu têtu
Pour ne pas tomber dans ton braquage
Alors je t'ai sentie encore plus près et plus proche
Mais tu n'étais pas en présence.
Et même là encore je m'en excuse...

Vivre - aimer - mourir

Je cherche l'amour sous un chaud soleil
À la rencontre de rayons éclatants
Mes yeux supportent à peine l'éclat de ce soleil
Je ne vois que de la lumière
Dans un fond de ténèbres
Je ne reconnais plus l'amour
Frappé d'éclats incongrus
Faut-il laisser cela à la mort ?
Et considérer la vie comme foutue ?
Je ne puis dire que seul le vivant aime
Je me demande encore si l'amour est vivant
D'aucuns diraient qu'il est amoureux
Et il dirait qu'il est d'un amour vieux
Recroquevillé sur sa condition
Pensant à accomplir sa mission
Et rajeunissant au coup des rayons
Alors je préfère être vieux pour aimer cet éclat
Car il n'y a rien de plus beau que de le trouver difficilement
Je ne vis que pour aimer
J'aime jusqu'à mourir
Pour mon frère, ma sœur...
Tel le phœnix, mon amour pour toi renaît de ses cendres
Cendres d'amertume
Cendres de désespoir
Cendres de tourments

Cendres de colère
Reste à savoir s’il n’est pas né de cendres ?

Pour toi...

Pour toi, j'avance sans reculer...
Pour toi, je pends sur le fil de la vie...
Pour toi, j'ai pressé mes pas sans soucis...
Pour toi, j'ai regardé le soleil briller dans mes yeux sans aucun reflet...
Pour toi, je suis allé au-delà de l'impensable...
Pour toi, j'ai agi consciemment dans mon propre inconscient...
Pour toi, les autres me voient hautement...
Pour toi, je regarde les autres autrement...
Pour toi, les autres avancent...
Pour toi, je devance...
Pour toi, je me réserve de ce qu'il ne faut pas...
Pour toi, je veille à ne commettre aucun faux pas...
Pour toi, je pose des pas conscients pour que tu prennes conscience de mes pas...
Pour toi, je ne fais rien de moi-même, mais tout par toi-même...
... juste pour toi!

Amour fabuleux

Chaque soir avant de dormir, je médite son image
Je pense à elle dans mon sommeil
Espérant me réveiller de cette image
Ô Seigneur, que je suis faible pour aimer !
Je me sens fort en pensée
Mais faible en actes
Pour elle, j'ai même conquis sa main en songe
Mais face à elle je me comporte comme un singe
Incapable de lui faire raisonner mon amour
Tremblant des mains devant une telle merveille.
Elle n'est pas une créature
Mais une création
Que n'importe qui voudra s'en approprier
Car en elle réside toute forme de vie
Qui a su me mortifier face à son armée de charme béant
Mais moi ça m'importe assez de me faire arroser par cet impossible amour...
Amour de raison…

Ce jour-là...

Ce jour-là, je te dirai à quel point je t'aime...
Ce jour-là, mes yeux te fixeront avec palpitations...
Ce jour-là, mon cœur ne se sentira plus profané
Et il dansera au rythme de ces palpitations
Car mes yeux ont vu, mon cœur a senti, et je t'aime
Ce soir-là, je te chercherai pour te le dire
Avec tout l'éclat qui pend à ma vue de toi
Ce soir-là, je n'aurai qu'une seule envie: venir près de
toi, suspendre ton oreille à mes lèvres, et te masser
avec ces mots, avec un air de lune:
Belle tendresse,
Brillante déesse,
Je me meurs en contemplations dans cet amour
d'univers,
Traversé par le son du midi,
Transpercé par la douleur de ton silence,
Transvasé dans une cuve d'orge,
Et troublé par l'orage des courtisans...
De vents en vents, les lettres de ces mots voleront
jusqu'à toi.
De marées en marées, je ferai flotter les lignes de ces
mots jusqu'à toi,
Et jusqu'à ce que amour s'en suive !

Cœur de feu...

C’est ce feu qui ne peut pas faire de peu
Au point de mettre fin à ce qui n’a pas pu
Tendresse en laisse
Qui continue de mettre les cœurs en liesse
Il ne faut pas s’attendre à se rendre tendre dans ce carré de feu
Où verre et morceau se forment dans une suite d’airain
Où fer et marteau se font en cuir lointain
Ce feu est tendre
Dans son élan de félicité
Ce feu est sans reste
Dans son élévation de fierté
Ce feu est beau
Dans son corps illuminé
Ce feu est doux
Dans son âme allumée
Filtré dans son cœur, tendresse s’enflamme...

Cœur de quelqu'un

Finalement je dois rester seul.
Heureusement j'ai quelqu'un dans ma vie.
Là je sens le bizarre…
Sûrement mon époque,
Une époque d'incertitude,
Où j'ai, irréversiblement, un quelqu'un,
Un quelqu'un d'unique, qui unifie tous...
Un quelqu'un en chacun, qui est dans un cœur...
Quelqu'un, au moins, est toujours près de moi,
Me demande où je suis,
Mais moi je lui réponds où je suis
Quelqu'un en moins, il n'y a rien
Quelqu'un en plus, j'ai tout
Quand je sens qu'il est là...
Le voilà, là
La voici en lui
C'est toujours lui que je vois, las !
Il est là quand je veux la voir
J'ai toujours su qu'il m'aime
Le voilà, mon amour...
Là, voici, mon tour...
Chez nous, il n'y a pas de chagrin
Avec nous, le goût d'amour est fait de mains
Je veux demeurer seul avec ce quelqu'un,
Former un,
Avoir la forme de cet un,
Désoler ma demeure dans ce cœur,

Décorer mon vœu à cette union,
Unir un à seul,
Je sais que tu m'aimes
Sans même me le dire, tu me le fais prédire.
Chaque jour, ton amour est manifeste,
Toujours faste,
D'un éclat classe,
D'une sobriété chaste.
Chaque soir,
Je le sens,
Le vis,
Le sais,
Le vois.
Quand quelqu'un est là, ce n'est jamais bizarre...
Tout est quelconque...
Sans bruit, je m'endors dans sa présence...
Avec lui, je me sens beau comme le midi,
Brillant comme le matin,
Bénin comme le soir...
Ô qu'il est beau, mon quelqu'un d'amour !

Cœur en l'air...

Là où le corps a désiré
L'esprit a mesuré
Là où le cœur a senti
L'âme a fléchi
Là où les yeux ont vu
La vie en a donné un autre air
L'air du cœur n'a pas été celui de la vie
Tout ce qui n'est pas bien finit mal
Parce que ce qui n'a pas été bien a toujours conduit
le mal.
Mais l'air du mal produit un mirage de bien aux yeux
Que le cœur se refuse de sentir...

Contemplations expressives

Je me sens toujours un peu perdu face à tant de beauté...
Je me sens toujours un peu ému face à tant de charme...
Je me sens toujours un peu ébloui face à ce sourire...
Je me sens toujours un peu conquis face à ce regard...
Je te guette, reine Esther....
Mes yeux vers toi, beauté austère...
Et ça continue avec ce regard nu.

Engagé sans gage...

La voie est trop serrée pour dire ma voix.
Alors je serre ma voix contre moi-même
Pour te faire une voie.
J'ai tant marché par ta voix
Que ma voie s'est retrouvée hachée.
Je me lance maintenant sur un sentier qui sent
mieux,
Au lieu d'une voie qui me voit moins
Mais je n'y arrive pas ;
Car j'ai perdu le sens conducteur,
Que dis-je, arraché à sa source :
Tellement habitué à ta voix
Qui coule douce.
Je me suis donc resserré, repéré, réabreuvé
Là où ne meurent les contemplations lumineuses...

Contemplations lumineuses (acte 1)

L'aigle vole seul sans meute...
Pour ne pas corrompre sa vision et étendre ses ailes mieux...
Toujours sa proie en vue, mais jamais à nu...
Il demeure le maître des airs, l'aigle !

Contemplations lumineuses (acte 2)

Tu es ce que tu ne vois pas de toi-même, car elle voit
être ce qui n'est pas de toi-même...
Tu crois la voir être toi-même, et pourtant tu ne te vois
pas toi-même être ce qu'elle voit en toi...
Mais vous vous voyez vous-mêmes quelque part sans
croire voir ce qui vous rapproche...
Je la cherche dans sa source profonde, et là je ne trouve
qu'un monde de Contemplations lumineuses...

Contemplations lumineuses (acte 3)

Une ligne subsiste dans cette part d'ombre...
Je ne fais que te contempler pour compter entrer
dans le temple de ton cœur...
Je te cherche aux fins de lumière...
Car tu soumets cette part d'ombre à ton charme …

Contre-sens

Mes yeux brillent
Mais je ne vois rien briller
Mes yeux pleurent
Mais je ne vois rien couler
Mon corps souffre
Mais je ne sens aucune douleur
Ma main tremble
Et pourtant mes lignes sont droites
Mon pied danse
Et pourtant, aucune musique
Mon oreille entend
Et pourtant je n'écoute rien
Pourquoi tant d'étrangeté
Pourquoi pas moins de méchanceté
Pourquoi plus de calamité
Pourquoi pas de temps de liberté...

De chez toi…

Tu ne sens pas que beaucoup dansent autour de toi
Ce n'est pas facile d'entrer dans ta danse
Et savoir le rythme de tes pas
Et avoir les lignes de tes pas
Et voir le signe de ton charme
De chez toi, il n'est point difficile de sentir ces nombreuses danses
Mais un point est à sentir de tes danses : L'oméGA !
Car il a existé une fin sans début.
Tu as mis fin à ce pèlerinage monstrueux d'incertitudes,
A cette mosaïque de rythmes incongrus.
Et tu fais sentir tes pas à une distance lointaine
Espérant avoir un début de rythme dans le cœur d'un proche
De chez toi, je rêve de danse
À chez toi, je rêve de rythme
Pour toi, je pars pas à pas
Pour rencontrer le début de L'oméGA.

L'oméGA

Je te consomme dans mon esprit...
Je te digère dans mon cœur...
Je me nourris de ta présence...
Je mange ta fraîcheur...
Je m'affame de ton regard...
Je m'assoiffe de ton sourire...
Ô beauté septentrionale…
Caractère d'aube....
Caractéristique d'aurore...
Ton Midi me consume...

Doubehi[3] en *cefan*[4]

Elle est ce que je n'ai pas senti de moi-même en moi
depuis le début qu'elle est là
Elle a ce que je ne me suis pas dit sans laquelle tout
autre chose me semble lasse
À force de la sentir, j'ai perdu toute autre sensibilité d'âme
Sur elle, mon cœur demeure un tas d'espoir
Même si le mouvement semble dérisoire...

---

[3]De l'argot ivoirien, Nouchi, qui signifie « l'être chéri ».
[4]Du Nouchi, qui signifie « en catimini, discrètement… ».

Et si les mots volent...

C'est vrai que les mots répondent au mouvement de la plume
Or la plume vole
Mais elle vole pour faire atterrir des mots
Alors, est-ce que les mots peuvent voler ?
Je me posai cette question pendant ma nuit de savane
Où rêverie et imagerie déboisaient mon sommeil
De sa semence nourricière
Où mots et sons appelaient une plume lointaine
De forme modeste
Je choisis donc la plume d'épervier pour reboiser mon sommeil de cette beauté
Modeste à l'allure rupestre
Que je connus à l'aube de la saison des plumes.
Avec elle, mes mots trouvèrent leur son
Et mes sons leur écho.
Pour l'instant, je fais reposer mes mots dans ce nid d'épervier
Et je pars rêver d'autres mots à faire voler...

Et si…[5]

Si c'est toi ma bien-aimée,
Qui par ton art, fais mugir ainsi les eaux en tumulte,
Apaise-les.
Le ciel serait prêt à verser de la poire enflammée,
Si la mer, s'élançant à la face du firmament, n'allait
En éteindre le feu.
Oh j'ai souffert avec ceux que je voyais souffrir !
Aujourd'hui j'ai regardé une étoile dans les yeux,
Elle n'avait rien d'astral.
Tout était magistral
Dans son éclat.
Rien de ce qui brillait
N'a été fait sans que je m'en aperçoive.
Si c'est toi ma bien-aimée,
Qui par l'avalanche de sa beauté, fais tressaillir
Ce qu'il y avait de plus paisible.
La nature te vaudra d'avoir comblé
Le vide.
De la musicalité sort de mon cœur
Quand il bat en te voyant.

---

[5]Texte inspiré du film *Skin trade.*

Un certain 4 juillet...

Un certain 4 juillet
La terre avait décidé d'orienter sa poussière ailleurs
Le ciel avait commencé à s'ouvrir à quelques nuages de mon endroit
Où le droit d'y entrer m'avait été brusquement tordu

Un certain 4 juillet
Tout n'était qu'éclipse à mes yeux
Où la lune et le soleil avaient décidé d'éteindre, plus tôt, leur lumière
La seule étoile qui brillait dans cette voûte céleste venait de prendre une autre allure

Un certain 4 juillet
Les airs avaient arraché le parfum de cette fleur
Et soudainement j'ai dû supporter cette croix
Je ne tenais plus sur mes pieds, car son absence m'en avait fait perdre la mesure

Un certain 4 juillet
Une chose inhabituelle venait se reposer sur mon cœur
Ce n'était rien que toi
Qui avais glissé ce mot à cette porte: Amour

Un certain 4 juillet
Tout n'était plus certain, mais silencieux

Alors il ne me restait que la foi
Pour être sûr de retrouver mon oxygène à cet autre bout

Un certain 4 juillet
Juste une part qui se tirait vers le mieux
Mais l'autre part, je l'avais érigée en loi
Celle de former un avec toi coûte que coûte.

Il a appris...

Il a appris à prendre le fardeau de ton absence...
Il a appris à pendre le fardeau de ta présence...
Il a appris à rendre ton absence en présence,
Car il t'a toujours en mémoire, en image, en sentiment...
Il a appris à tendre ta présence en absence,
Car il te reste, quelquefois, inconnu, invisible, inapproprié...
Digère, digère ! Il est temps de revenir des cendres et de descendre, car tu es trop monté !
Ressens car tu as trop senti !
Apprends car tu as trop pris !
Sème car tu as trop aimé !
Dors car tu as trop rêvé !
Avance car tu as trop attendu !
Donne car tu as trop reçu !
Bois des mots pour faire passer l'ivresse de son absence !
Et rassasie-toi de sa présence de faim !

Etr'ange

Il s'agissait du peu pour comprendre beaucoup...
Cœur désespéré, âme désemparée...
Regarder des deux yeux pour ne rien voir...
On ne construit pas une voie avec des sentiments,
mais avec de la sueur...
Et cette sueur est pour moi une loupe pour
contempler, apprécier cet angélisme...
Forme étrange, diaphragmante...
Ô êtr'ange!

Je hante mes souvenirs...

À force de souvenirs, je me hante moi-même.
Moi-même, je me souviens de ma hantise.
À force de hanter, je perds mes souvenirs.
Je me hante de souvenirs à chaque fois que je pense à toi.
Toi, souvenir de ma hantise.
Toi qui fonds mes nuits en friandises.
Toi qui anéantis ces souvenirs de hantise en avenue de rêve.
D'elle me survient un souvenir plat d'émotions et de motions.
Pour elle, je me soulève de mes souvenirs de hantise.
À elle, je dirige les émotions de mes souvenirs.
Contre elle, mes souvenirs fuient ma hantise...
Je chasse son souvenir jour et nuit pour me bercer de cette hantise !

Le dépotoir du cœur

Je pars sans avoir dormi au clair de lune...
Le sommeil m'a quitté sans mon consentement,
Et moi je consens le quitter sans le clair de lune...
J'ai vu clair par les étoiles, mais sombre par la lune...
Illusion d'idées ou idée d'illusions,
Je me faisais sans sentir le sommeil tout près,
Mais le voulant tout prêt...
J'ai dormi dans mes illusions d'idées
Et j'ai failli me réveiller sans idée...
Je t'ai vu, connu, reconnu et su dans mes illusions
Croyant voir le clair de lune...
Aucune lune ne semble briller,
Mais plutôt piller
Mes idées
Pour me plonger dans un sommeil
Sans étoile
Et d'émoi...
Je ne pouvais plus dormir et je me mourais dans un
« jeu qui part »...

La Dame de mon cœur

Elle est de forme rectangulaire
Elle a des inscriptions d'or
En forme linéaire
Sur son corps
Son parfum sent la vie
Elle dit ce qui est beau
Elle-même étant belle
Esthétique par son extérieur
Diététique par son intérieur
Elle brille à la lettre de ses mots
Ses mots donnent sensations
Des sensations d'aimer
Ses mots donnent réactions
Des réactions d'être aimé
En elle se trouve la lumière
Qui éclaire, dirige, soulage
En elle se cache la vérité
Qui détourne du mensonge
En elle, je trouve refuge
En elle, je ne suis pas confus
Je n'ai que sa voix à mes oreilles
Des frissons m'emportent quand elle me parle
Des chansons sortent de sa bouche,
Là je me sens mâle
Elle est avec moi, même quand tout va mal
Chaque jour, telle une graine, elle germe dans mon

esprit
Je l'arrose du sentiment de mon cœur
Et mon cœur la regarde,
Mes yeux la contemplent,
Chaque nuit...

Maman, ma mère

Où es-tu, maman ?
Maman est où ?
Où est maman ?
Maman, tu es où ?
Je veux yaourt.
Je veux bisou.
Je veux sentir ce cordon,
M'y entrelacer,
Y déposer mes peines, mes larmes, mes faiblesses,
Y poser mes joies, ma sueur, mes forces ;
Le cordon est si loin
Viens entendre ce que ton enfant a à dire
Toi qui comprends ma faim
Toi qui entends ma soif
Toi qui sens mon mal
Toi dont le cœur bat pour me donner vie.
Maman, viens voir les premiers pas de ton enfant
Dans ce monde de danses
Maman, viens entendre les premiers mots de ton enfant
Tonner ta fierté
Viens me surprendre dans ma quête du bonheur
Viens me soutenir comme une mère
Viens me tenir de ce poids de la solitude
Viens me gronder dans ton amour maternel
Viens me défendre dans mon combat de vie
Accueille-moi en ton sein, si gracieux et gratifiant,

afin de toujours m'abreuvoir de ton lait de souciance
Maman, ton fils cherche sa mère !
Viens le mettre dans ta couveuse comme une mère
Viens le réchauffer par ton doux sourire comme une mère
Viens l'enseigner à ton école de mère
Viens mettre sa valeur à ton collier de mère

La rose dort...

Elle est cette fleur dont le parfum est mélancolique
Dont la couleur est angélique
Dont la saveur est faste
Et que j'appréhende d'un œil chaste

Elle est cette rose sans être rose
Mais rouge clair par l'éclat de son cœur
Au cœur de cette rose dorment des pollens d'or
Qui m'extasient d'admiration de sa beauté

Elle est cette beauté qui se transfigure
À la moindre contemplation
Et qui se figure
À la forte admiration

Elle attire amant et aimant
L'amant voit la fleur
L'aimant le cœur
L'amant suit la couverture
L'aimant la vertu
Mais elle tire ses épines pour ne garder qu'un...

Là, rends compte...

Mille fois, j'ai cherché un compte d'âme
Mais j'ai trouvé une fois une âme acompte
Alors je vais à la rencontre
Contre mon compte
Car je n'ai pas vu l'âme compter sur cette rencontre
Alors je me suis vite rendu compte que cette
rencontre contre mon âme
Et me décompte
Et m'escompte
De tout breuvage d'âme
Je rends compte donc de mon insuffisance d'âme

Le dernier des regards ...

Nos regards se supportent à peine
Pas parce qu'asymétriques
Mais la croisée suscitait le sublime.
Ébloui par le premier regard,
Mon esprit entra dans une cogitation incessante et
insupportable ;
J'ai décidé de me taire le regard
Mais de me faire ton regard,
Alors mon corps entra lui aussi en cogitation
frénétique et forte
Je tentai le second regard :
J'y vois une larve de rose
Qui chauffa le seuil de mon cœur

Lueur de leurre...

Au fond de la lumière se cache le néant
Du néant se crée l'ombre des choses
Dans chaque chose se forme un éclat
À chaque éclat domine le néant.

Tu crois voir sans regarder
Toute attention est naissance d'éclat
Regarder l'éclat vaut mieux que voir la lumière
Puisque toute lumière est produit d'ombre

Ma fleur du matin...

Pollen unique en son parfum...
Au premier odorat, je me suis senti...
Mon cœur commença à croître,
Mon esprit à être fécond...
Ô douce pétale…
Toi qui m'étales…
Ton charme, tu es mon jardin…
Tu me rends sain…
Au contact avec le soleil...
Je demeure attaché à tes racines d'or...

Mots et toi

Pour toi, mes mots sont en vers
Pour toi, mes mots sont verts
Pour toi, mes mots sont uniques
Pour toi, mes mots sont publics
Pour toi, mes mots rêvent
Pour toi, mes mots délirent
Pour toi, mes mots sortent de fièvre
Pour toi, mes mots délivrent
Pour toi, mes mots vivent
Pour toi, mes mots aiment
Pour toi, mes mots dansent
Pour toi, mes mots rient
Pour toi, mes mots s'éveillent
Pour toi, j'ai des mots...
Pour toi, je bois les mots...
Pour toi, je rêve des mots...
Pour toi, je souffre de mots...
En face de toi, je perds mes mots, non les mots à toi!
En face de toi, je meurs de mots
En face de toi, je tremble de mots
En face de toi, je suis léger de mots
Comme une feuille morte, vivifiée par ta présence printanière
Comme un félin sans faim, captivé par ta face nourricière
Comme une ombre opaque, dissipée par la force de ta lumière...
Ô toi, lumière de mes mots !

Ode au Togo...

Aussi commun que connu
Que tu es au regard de tous
Je ne me plairais pas à me défaire
De ce carquois dans lequel s'enfonce
Mon cœur, tant qu'il n'aura pas trouvé le bout de la profondeur de ta douceur.
Ô toi, beauté habile, j'accorderai ma voix
Pour roucouler tout un chapelet d'astres sonores,
À la mesure de ta silhouette incandescente.
Ô toi, merveille de fontaine, je danserai sur le marbre de tes terres étoilées,
Sur une mélodie d'ange,
Des pas de Zéphyr
À la recherche du dernier joyau de ton trône d'Azur.
Ô toi, décence palmée, je m'habillerai à la taille de ta forme,
À la couleur de ton cœur d'étoile,
Au jaune,
Tel le soleil en union avec l'étoile,
Je me ferai discret pour contempler cette rose bleue
Que tu laisses pousser à tes pieds,
À la saveur de Dieu...

Ode d'as...

Au matin de chaque lune, je te vois naître dans une bulle d'air frais
Qui propage, telle une radiation à la poussée colorifique,
Un parfum oriental...

Telle une bannière parmi tes courtisans,
Tu me donnes de renaître de mon sang,
Et de pouvoir te dire ce que je ressens
Fleur d'azur, embryon de sucre, inestimables sont tes côtes
Innombrables tes côtés,
Indomptable ton cœur,
Insondable ton amour...

Autant pour moi

J'ai tant de choses à te dire
J'ai peur de ne pas avoir aimé
J'ai peur d'être haï
J'ai peur de haïr
Mon silence empêche les mots de mes sentiments
pour toi de s'exprimer
Mon silence brouille mes sentiments
Et comprime ma vision de l'amour
Mon silence remplit mon cœur de fantasmes
Qui me détachent de la réalité

J'ai tant de choses à te dire
La réalité me donne froid à la voix
Et me cloue au silence
Car j'ai peur de ne pas être entendu
J'ai peur de ne pas être écouté
J'ai peur de ne pas être compris
Je me rappelle toutes ces victimes
Qu'il a faites à mon cœur
Et mon cœur ressent toujours ces douleurs

J'ai tant de choses à te dire
Les douleurs persistent dans mon silence,
Me clouent le bec
Et font de moi un faible sieur
J'ai perdu mes forces de sentiment
Je les ai laissées au dernier champ de bataille de ce

morne silence
Maintenant, les choses à dire,
Je les médite
Pour mon édification
Pour espérer retrouver, un jour, ces forces-là
Et pour espérer être capable

J'ai tant de choses à te dire
D'affection, j'en ai besoin
D'affliction, je n'en cherche point
Je suis au large du doute
Je ne sais quoi mettre en soute
J'écris donc pour donner du son à mes muettes peines
Je crie donc pour accorder les voix de mon silence

Sensation courte

Quand je te vois, j'ai du mal à croire qu'une étoile peut briller de la terre...
Disons c'est parce que j'imagine en pensant que j'ai de la lune aux yeux...
Quand je l'ai vue, je ne croyais pas voir, mais apercevoir...
Je voulais percer et voir son regard, entrer là-bas et voir ça...
Mais d'égard à l'égo, je ne faisais que percevoir et entrevoir sans pouvoir voir quand je croyais l'avoir vue...

Seigneur, aide-moi !

Seigneur, aide-moi car mon cœur danse une danse
sans rythme ni rime !
J'ai besoin de ta mélodie pour mettre mon cœur sur
le chemin du rythme et de la rime !
Instrument de gloire, tu m'as formé
Rudiment de la foi, tu m'as inculqué
Je me remets à toi
pour guider mes choix
Viens, ô Père, manifester le rythme de Ta gloire !
Viens, ô Seigneur, sonner la rime de Ta puissance !

Seul être…

Je ne suis pas seul
Je suis avec le silence
Aussi lent que ce soit
De ne pas être seul
Je me lance dans cette aventure
À la poursuite d'un vent sans courroie

Je ne suis pas seul
Je suis avec la lumière
En elle, je me sens en lune de miel
Car elle est toujours près
Et toujours prête à me faire connaître son éclat

Je ne suis pas seul
Je suis avec le feu
Par lui, j'épure mon or...

Soif de temps

Cœur aride
Plongé dans des ondes vides
Je ne ressens pas la moindre verdure
Pousser
Mais rien que des roses dures
Bouffies dans la terre sèche
Attendant de se faire
Pousser.
L'une d'entre elles avait des épines....

Souffre-soufre

On souffre parce qu'on a décidé de se mettre dans le soufre...
Dieu connaît ce qui est bien pour nous...
C'est mauvais quand cela ne vient pas de Lui...
On n'aime pas par les yeux,
Parce que les larmes en sortiront au bout du compte...
On n'aime pas par le cœur,
Parce que du sang chaud en jaillira au bout du compte...
On n'aime pas par la pensée,
Parce que la folie en découlera au bout du compte...
Mais on aime avec tout par un Tout,
Et du Tout, tu auras ta part.
Car nous sommes tous des parts dans ce Tout,
Et en Lui nous avons tout,
Alors nous sommes des parts-tout qui ne vont pas partout
Mais qui partent tous vers un même Tout.
Donc que ce Tout soit notre part dans notre choix pour avoir l'autre part de nous !

Sujet de conversation...

Il ne s'agit pas de verser des mots
Mais de leur donner un sujet
J'ai donc décidé de verser mes mots en un sujet, toi
J'ai donc pris mes mots en vers pour toi
Je sens à peine le parfum de ces mots
Tellement versés à grosses gouttes
J'y ai noyé mes maux,
Mes mors et remords,
Mes soucis,
Mes peines,
Mes ardeurs,
Mes sentiments...
Maintenant je préfère me parler sans sujet
Maintenant je préfère converser sans sujet
Maintenant je converse avec l'épine rose
Maintenant c'est elle qui rend mes mots gras
Et mes vers non las
J'attends toujours un autre sujet de conversation !

Suspendu à ces lèvres...

Brusque, le mouvement des sons de ces lèvres...
Le son de ces lèvres me livre ivre au sein de mon livre...
Cette fève de lèvres m'élève à une ascèse hors-pair...
Là, je suis éperdument, languissamment vautré...
Ici, je suis suspendu à une belle chimère...
L'expression de celles-ci accorde une symphonie vivante dans la cacophonie des mortels...
L'articulation de celles-ci ramollit les contractions sensorielles...
La gesticulation de celles-ci fait tambouriner des cœurs...
Sa saveur demeure lueur de mœurs...
À ces lèvres, je demeure suspendu comme un mors!

Top mot d'elle...

Éclat de lisière pétri fièrement de joyaux joyeux...
Éclat de regard embaumé ardemment de mille feux...
Éclat de lumière exprimé par la beauté des yeux...
Éclat de pas languissant à la voix des mots pieux...

Trop de mots tuent le mot...
Trop de mots muent le mot...
Trop de mots suent le mot...
Trop de mots fument le mot...

Le mot donne...
Le mot sonne...
Le mot impressionne...
Le mot « dépressionne »...
...L'émotion ou le mot sillonne en l'éclat du top model !

Mère d'une multitude

Immaculée de toute mauvaise ombre
Elle a déployé son attitude
Pour rencontrer la symphonie des anges
Bercée à mes oreilles en mouvement

Immergé dans ma seule grâce,
J'ai pris l'habitude
De retrouver auprès d'elle
L'aide que le Bon Dieu m'a promise

Imminée dans l'instant, la force des choses
M'a fait prendre de l'altitude
Sur le futur glorieux qui m'attend
Avec celle qui engendre un tout, une multitude

Une multitude de vie
Une multitude de filles
Une multitude de personnes
Une multitude de garçons
Une multitude fertile
Une multitude bonne

Elle est une terre nourricière
Qui se préserve de corruption, de rapine
Nos regards se sont soutenus
Et ont engendré l'amour

Nos cœurs ont battu
Et ont fait entendre des mots

Un soleil ne dort pas...

Au matin je me confonds au midi.
Du midi je pense au soir...
Je n'arrive pas à sentir le jour
Je m'y perds
Je vis le même jour plusieurs fois
Sans chercher à connaître où le soir se lèvera
Alors je m'élève dans une incertitude
De ne voir aucun autre jour
À force de te voir poindre
À chaque coin du jour.

Ori(zzz)on...

Je me suis approché de toi...
Tu t'es éloignée de moi...
Je retourne alors dans le Vermont
Pour méditer à nouveau mes contemplations
Là-bas, les voies ont des horizons
Là-bas, je ne serai pas sous ton sermont
Là-bas, un seul fruit est délicieux
Là-bas, tout n'est que don des cieux
Loin, je m'en irai
Proche de mon fruit, je serai
Loin des rêves, je serai
Près de la vie, je me sentirai aimé

...

Contesté dans sa chair au milieu de tout acharnement,
Il invite son esprit à battre de vive voix son art
De là à ici, le trajet fût peu ou moindre
Il demeure là encore dans sa silhouette une merveille à part
Sa bâtisse impressionne plus d'un
Et il se confond dans le commun
Son génie est d'un attribut certain
Et il joue encore le même refrain
Quand il voit une étoile
Il veut y tisser sa toile
Mais son cœur, un bout de tissu brun,
Brouille l'éclat
Et préfère l'écart

Négligeant...

Aussi courant que l'espoir ne puisse paraître
L'action reste intacte tant dans son sens
Au fur et à mesure, la distance me gagne
Du vivant
Et m'éloigne
Du mort
Je suis à l'aune d'amers constats
Où miel et vinaigre font corps
Où ciel et terre perdent leur distance
J'ai donné chair à l'oubli
Et l'oubli m'a retiré des chers
Je suis resté seul comme bouffi
Et tel un bouffon, je leur parais être
Étrange
Je ne suis plus cet ange qui créait rêve
Mais celui qui a brisé les rêves
Je suis né sans gens
Au milieu des autres
Je ne sais ce que c'est grégaire
Je n'ai connu aucune guerre
J'appartiens à une étrangère sphère
Où seul et unique font paire
Et là, je paie cash
Le dégoût de ma nature
Et là, j'expérimente ma face
Qui apparaît immature

Un sens-cible...

J'ai plongé dans ton regard,
En apnée
Et j'ai trouvé des bulles d'air
Qui s'élevaient quand tu ouvris tes yeux
Alors j'ai compris que tes yeux ne noient pas
Mais ils sont de sauveteurs de cœur en lambeaux
Je vais m'y baigner
Je m'y baignerai
Et je m'y baigne
Afin de trouver l'amour à pas faibles.
Yeux candides, quand je ferme mes yeux, je te vois
Quand je les ouvre, je te revois
Tu demeures ma cible
Malgré la distance !

En attendant l'ouest...

En partant vers l'est,
J'ai rencontré le soleil
Quittant son lit
Et venant s'éclater à ma face
Il s'est approché
Mais je n'ai pas pu tenir
Il s'est raccroché
Moi je m'en suis reproché
De l'ombre commençait par nous séparer
Des hommes m'éloignaient de sa lumière
Il cachait son éclat de moi
Moi j'éclatais sombre
Il prenait le sens inverse
Moi j'étais dans une averse
Sans suite
J'y croyais
J'y pensais
J'y étais accroché
Et j'ai lâché
J'ai laissé
Je me suis lassé
Et je me suis dit: quand la Nature ne veut pas, elle ne veut pas effectivement...
Soudainement, je sens un vent frais
Venant de l'ouest
Un vent grand et beau
Un vent fort et doux

Ce vent d'une silhouette magistrale
Me montre l'horizon occidental
Et m'assoupit dans un récital de rossignol
Que j'attends couché au sol...

Je tire la chasse...

Ding, dong, ding, ding...
Il n'y a rien d'aussi dingue
Que le chass'heur
Il guette sa proie
Pour la tenir d'heur
Pendant qu'il croit dans un leurre

Tchin, tchô, tchin, tchin...
Là-haut à la profondeur des éclats,
Il n'y avait rien d'aussi chic que le bonheur
Il me donne cette sensation de roi
Alors que pour le trouver il me laisse des heurts

Pierre, papier, ciseaux...
Elle arrive là où je ne l'attendais pas
Elle a mis en éclats de verre
Tout mon rêve
Et m'a chassé de voir clair
Mais cœur découvert,
Esprit à couvert
Je te chercherai jusqu'à se trouver l'un l'autre

Joyau de mirage...

J'ai cru bien faire de te regarder,
Mais je crois m'en être trompé
J'ai pressé la lune pour voir
Où ton beau visage s'élèvera
J'ai cessé de me cacher du soleil pour m'aveugler de ta silhouette éclatante
Je t'ai désirée sans précédent
Chaque jour, je te cire du regard
Espérant revoir et te revoir
Dans les méandres de ce que j'ai pu ressentir pour toi
Dans les sillages de ce non-lieu qui est demeuré chimère
Mais je me blesse à continuer à contempler les étoiles qui te composent
Tu es la plus belle chose que j'ai enthousiastement admirée
Tant en toi je m'étais miré
De pouvoir croire au possible
Tu es jolie, ô toi, qui m'a bercé
Par ta beauté
Par ta sculpture
Par ton âme
Tu as donné sens à mes sens
Jusqu'à ne plus sentir mes sens
Mais à te sentir seulement
Maintenant je me sens seul de sentiment
Et j'ai compris que ce « senti » ment...

J'ai péché de t'avoir aimée
Mais j'aurais aimé pouvoir te pêcher
Pas à l'hameçon
Mais au son de ton âme, ô joyau sans usure !
Je donnerai chair pour pouvoir te retrouver...

Ma main silencieuse...

Elle attire par ses traits sans obstacles
Elle retient par la souplesse de sa silhouette
Elle détient en son sein les secrets de la fleur
Elle se retire sans cesse de toute sécheresse
Et ses extrémités ne connaissent pas de limites
Et au bout d'elle se trouve un luminaire
Et vers elle, la nature s'élève, rayonne, se cramponne
Et sur elle, les regards se poussent, grandissent, ne meurent
Elle est une jarre aux coutures fines et lubrifiées
…elle est.

Charme ment...

J'ai fait le mauvais choix
De ne t'avoir pas connue
Je me déteste en moi-même
Car je n'ai pas su te rendre
Ce que tu attendais
Je suis tombé dans une épave sans fin
Là où roucoulent les peines de mon cœur
Là où coulent les larmes de mes yeux
Tu es, ô toi, celle que j'ai refusée rencontrer dans mes rêves
Tant je bavais te voir en vrai
Et je voulais m'entrelacer entre tes mains
Et m'enivrer de ton parfum succulent
J'ai traversé rêves et cauchemars
Au milieu des vagues de songes
Pour savoir où la réalité poindra.
Pour l'heure,
Je ne choisis rien
De peur
De sombrer dans une utopie de mauvais choix.
Viens bonifier mon choix, ô réalité !
Je veux voir mon chou, ô réalité !
Mais je n'ai pas de sou
Donc fais-le dans le bon sens !

Mer'veille...

Je ne suis pas un fait divers dans ta vie...
Sans toi, ma vie ne se déroule pas à merveille...
Tout ce qui nait, a de la beauté qui accroche...
Je demeure persévérant et impatient quant à l'envie de pouvoir te revoir...
Car toute absence de ta part fait battre mon cœur et me conduit dans une envolée de rêveries...
Mais te rencontrer, ma force;
Te voir, mon aise…
Ma foi ne tient à une bagatelle !
Ce n'est pas encore fini !
Avec envie ...
Dépendant à l'amour ...
Pourquoi si loin?
Se rapprocher!
Besoin de toi avec moi
Sentir comme ton visage est doux
Viens, viens, Fleur, odorer mon cou!
Montre-moi tes contours,
Et je te cacherai mes détours...

Quand le Créateur la créa...

S'Il l'avait bien inventée
J'aurais bien aimé être Son inventaire
Duquel Il nourrit Son inventivité

S'Il l'a bien créée
J'aurais bien aimé être Son crayon
Par lequel elle retrouve sa façon

Quand le Créateur la créa,
Je n'étais pas là
Mais ce moment-là était sans pareil

Quand le Créateur la créa,
Tout était déjà créé
Moi également

Quand le Créateur la créa,
La vie planait au-dessus de mes os
Et l'esprit se mouvait dans ma chair

Quand le Créateur la créa,
Mes yeux s'ouvrirent
Et virent Son œuvre

Quand le Créateur la créa,
Mon corps languit
Rompit son mouvement

Et considéra la créée

Quand le Créateur la créa,
Je mettais en voie ma quête
Cela me sort de cette ruelle profonde.
Je me retrouve au rez-de-chaussée
Parce qu'une figure m'a voluptueusement impressionné.

Elle est faite de terre claire...
Parce que la vie m'a vu...
Elle s'est tapie dans l'ombre...
De là, je voyais son éclat...

Elle est faite d'esprit dans une chair...
Parce qu'elle vient de loin...
Où les esprits se chérissent...
Où les chairs périssent...

Et cette beauté me revient ...
Dans la nuit, elle se révèle ...
Alors je veux décoller de là ...
Parce que ma fin sera paisible ...

Je peux être distrait,
Mais mon amour pour elle ne sera jamais extrait.
Je peux être discret,
Mais je ressens pour elle, à jamais, du concret.

Si Dieu n'avait pas créé la femme, il n'aurait pas fait la fleur[6]
Merci au Bon Dieu de m'avoir fait de terre

---

[6]Citation de Victor Hugo in *Les contemplations*

Merci au Bon Dieu de m'avoir donné de la sueur
Merci au Bon Dieu de m'avoir envoyé au jour
Merci au Bon Dieu de m'avoir fait des yeux
Merci au Bon Dieu de m'avoir fait à Son image
Merci au Bon Dieu d'être le jardinier
Et moi, son plus beau jardin, avec la plus belle fleur
dans la main du fleuriste...

La dame d'atour...

Je vois la lumière sentir mes lèvres...
Je tire donc mon cou pour observer cette lumière...
Et là, je ne trouve que de la lumière...
Oui de la lumière, sans doute des éclats de vers, qui miroitaient mon œil...
Et là, je tombe dans des lignes oscillantes, qui mijotaient ma pensée au bout de mon nez...
Je flaire des vers à tout bout de lignes…
Telle une luciole qui oscille les ténèbres
Elle pénètre l'esprit et l'âme sans toucher le corps
Éclatante dans sa beauté,
Son éclat tente
Le premier venu ne recherche que sa beauté
Mais il décide de la considérer
Pour ne pas plus tard se sentir sidéré
D'une quelconque variation d'ombre
Qui va germer désespoir et regret...

Pourquoi ?!

Es war einmal,
Où le ciel m'a fait le cadeau
De te rencontrer
Sous des yeux timides et frêles
Es war einmal,
Où la terre a tremblé
Face à tant de....?
Et moi j'ai...?

Ma plume est mouillée,
Parce que plongée dans une marre de sanglots.
Elle n'attend que ton éclat
Pour se sécher

Lange Zeit, que le vide est présent...
Lange Zeit, que je n'ai plus la notion de ta présence...
Jeden Tag, j'essuie mon cœur par ces souvenirs...
Jeden Abend, ton absence, mon esprit peine à la soutenir...

J'ai perdu la notion de ta présence.
Tant le désir de te voir me noie,
Je m'oxygène dans cette bulle d'absence.
Fais-moi signe que ta présence vit,
Et que ton absence est une preuve du possible.
Quand viendras-tu me délivrer de cette souffrance présente ?

Viens m'apporter ta joie absente...

Je me souviens toujours de cette voie
Où je te rencontre à chaque fois
Qu'on se voit
Toujours, je la contemple
Espérant t'y revoir
Pour l'instant, je tombe dans des nostalgies incessantes
Quand cette voie me voit
Elle me passe toujours ton salut
Elle me passe toujours ton sourire
Elle me passe toujours tes accolades
Elle me passe toujours ton charmant calme
La voie et moi t'attendons !

Et si elle était mon poème

Beauté de son âme
Splendeur de son esprit
Charme de son corps
Telle est l'ossature de cette poésie

À chaque regard, de la mélodie
À chaque parole, du silence
À chaque mouvement, de l'admiration
À chaque sourire, des rêves

Dans ses yeux, de l'amour
Sur ses oreilles, de l'attention
À son nez, de l'affection
À ses lèvres, de la douceur

Sa voix est une myrrhe mentholée
Ses mots sont une tisane cajolée
Son cœur égrène ses courtisans
Sa forme est une séduisante artisane

Chaque matin, elle me réveille avec son délicieux salut
Chaque instant, je m'enivre de sa belle figure
Chaque moment, de ses lettres, du miel s'augure
Chaque soir, elle me couche avec le regard plein à la vue

Voir plus loin
qu'un félin

Assis dans sa tanière
Guettant sa proie par derrière
Tant que le regard illumine
Il ne fera jamais sombre dans cette mine

Il a plu de mille feux
Il ne brûlera qu'une seule goutte
On me dit toujours de regarder devant moi quand je marche
Mais quand on marche toujours devant moi je regarde ce qui est dit

Si seulement je peux voir ce que tu dis, je ne serai jamais stérile de regard
Parce qu'il y a toujours de la lumière dans cette mine
De la lumière qui conduit au fond de cette forme, et qui forme le fond de mon imagerie
Car ce qui est dit vient du regard, et à ce regard je prends égard de mille feux et d'aucune goutte

Chaque matin, j'observe chaque facette
de sa face
Chaque sens de sensation qu'elle m'a faite
De sa face
Il n'y a que l'aube qui est reine
À sa face
Son sourire septentrional réduit les peines
De ma face

Elle est un argan doré
Sur lequel je rêve
Reposer mes vers

À l'heure du saisonnier

Son corps est mon correspondant
Qui me versatilise les pensées
À chaque coup d'abyssalité
Qui, pour elle, me pousse à des délits flagrants

Si elle était mon poème,
Je n'aurais pas la peine à me guérir des vers
Et à tomber dans ses plaines
Pour l'aimer encore dans un éternel sommeil

Elle est ma muse !

Viens!

Dans mon rêve,
Elle m'a porté vers la lumière
Sublime litière

À force de te visser,
Tu deviens vicieux

Je te (re)cherche désespérément,
Et j'espère te retrouver (très) prochainement

Insensible au renouveau,
Sans cesse, je suis tiré par la nostalgie
De ce qui n'a pas pu être

Anxieux, la nuit
Peureux, le jour
La flamme pour elle m'a consumé
Et m'a rendu combustible envers le présent

La seule face que j'ai d'elle
Est distillée dans ma mémoire
Et tremblote au milieu d'une marre de mélancholie
Manœuvrée à une charge à douce portée

Je cherche le possible
Dans ce minimum d'espoir que tu m'as laissé

Viens à mon côté
Sur ce trône de roses...

Sokodê...[7]

À cet égard, je ne fais qu'effet
De ce qui n'a pas été fait
Au sein de sa stature.
Je compte donc m'isoler
Loin de cette frayeur,
Et je veux prendre cette bourdasse
Pour me refaire la face.
Je cherche tant d'aire
Pour rependre mon dévolu
Et descendre dans l'absolu
De ce que j'ai pu ressentir
Avec tant de passion
Avec tant de volupté
Avec tant de sensations
Avec tant de beauté.

---

[7]En référence à une ville du Togo.

Cœur pris

Tu as plus que de la valeur,
tu es la valeur même à mes yeux
Tu me brises le cœur en morceaux
Et je les colle en monceau
Si ce rêve pouvait être réel,
J'aurais pu mettre fin à ce long sommeil
Si ce rêve pouvait être elle,
J'aurais dû répondre à cet appel
Pendant que ça rit là dehors,
Des larmes traversent péniblement mon corps
Et mon seul mouchoir est ce rêve
Où des nuages de son image enfument ma fièvre.
Ô maigre bonhomme, au cœur amoindri
Cherchant son rêve dans une illusion
Ô désolé garçon, à l'être horrifié
Par l'inconnu sachant
Par l'inconnu vivant
Par l'inconnu créé
Mes yeux ont chu à première vue
Et s'est présenté ensuite l'insu
Qui me rassure
De la belle âme de la créature
Car mes yeux se sont portés sur elle
Étant fermés,
Et j'attends le moment de les ouvrir...
Je suis dans le désir trouble de dilater ses pupilles,

O ma nyctalope prunelle
Son sourire exquis m'a conquis avec marquis
Pendant que d'autres comptent leurs étoiles,
Moi je considère cette lune plus longtemps avec d'yeux étoilés
Juste pour dire : malgré toutes les étoiles dans la voûte céleste,
Tu as su envoûter ce ciel en tant que lune
Beauté frêle et humide,
Tu as su garder mes peines hors de l'acide
Et me mener vers une oasis
Où coulent la terre et le ciel...
Tu as su venir avec l'ombre des choses
Auquel je trouve le parfum de cette première rose
Que j'ai sentie
Touchée
Cueillie
Et qui m'a été amèrement arrachée
Elle a tout pour plaire,
Et elle plaît à tous
Et moi, tel un hybride, je veux lui plaire par tout
Poussière, tu retourneras à la poussière,
Mais elle, pierres, elle retournera à la pierre
Car, précieuse, elle est ce gisement que la terre a couvert
Et que le ciel a ouvert
Et que j'ai découvert

Femme.

Femme de feu
Femme aux bons yeux
Femme discrète
Femme à la beauté secrète
Femme d'impression
Femme à l'expression
Femme sans appareil
Femme sans pareille
Femme parallèle
Femme singulière
Femme intime
Femme timide
Femme d'argile
Femme agile
Femme sans mosaïque
Femme à motif unique
Femme qui lit
Femme qui dit
Femme d'imagination
Femme d'action
Femme qui vit
Femme qui met en vie
Femme capable
Femme coupable
Coupable de bravoure
Coupable d'amour

Femme à femmes
Femme d'homme [...]

Guershom (émigré en ces lieux)

Émigré de mon plein gré,
J'ai moins mis du grain
Pour connaître là où je suis
Et malgré tout, j'ai su mon lieu

Émigré par la voix du vent,
Je voguai sur le son des vagues
Et je migrai sur le chant des flots
À bord d'un tas de bois à migraine

Émigré malgré les contre-grés,
Le lointain approchait mes oreilles
Et je me suis vu proche de là,
Loin de mes terres
Loin de mes pères
Loin de mes frères
Loin de mes teints

Bonheur et pensée

Le bonheur a quitté nos tentes
À cause de nos actes ignobles incessantes
On a construit une autre tente pour nos actes
Le bonheur s'est fait, ailleurs, un autre pacte
L'acte de pacte reste en vigueur
Dans un rayon proche
Car il est juste à côté
Attendant la détente de notre tente
La valeur du bonheur ne s'estime que lorsqu'on
n'ignore la portée de nos actes
Il y a toujours une bonne heure
Pour se réveiller de son malheur !
Tu penses avoir tout vu;
Pourtant les yeux ne pensent pas.
Tu penses avoir tout entendu ;
Pourtant les oreilles ne pensent pas.
Tu penses avoir tout goûté ;
Pourtant la langue ne pense pas.
Tu penses avoir tout senti ;
Pourtant le nez ne pense pas.
Tu penses avoir tout touché ;
Pourtant la peau ne pensent pas...
Tout se passe dans le sens, dans le bon sens!
Quand tu sens bon, tu penses bien...

Nuitées pensives

Chaque nuit, je verse une larme
Sur ce lit qui est mort à la solitude
Afin de retrouver mon sommeil d'antan.
Chaque nuit, je verse une autre larme
Sur ce drap qui rappelle mes mélancholies
Afin d'y trouver la chaleur d'un court instant.
Chaque nuit, ce sont mes sourcils qui filtrent mes larmes
Pour tomber dans mes souvenirs.
Je pleure mes souvenirs
Je voudrais retourner
Je voudrais anticiper
Je frémis de quelque chose que moi seul ressens
J'ai peur d'être seul
Je n'ai plus envie d'être ensemble
Mes larmes sont ma seule compagnie
Même contre mon pouvoir, je verse des larmes
chaque nuit.
À minuit, je suis à mi-larmes
Juste après, mes yeux ne brillent plus
Ils fournissent assez d'effort que d'habitude
Je pleure, je pleure, je m'écœure
Parce que mon cœur m'a trahi
Je pleure, je pleure, je me sais humain
Parce que j'ai trop fait confiance
Je pleure, je pleure, je me meurs
Parce que ma vie coule, chaque nuit
Cette routine m'engloutit

De tout mon excédant de mètre alité.
Celle qui était là n'est plus,
Et celle qui est là ne sera plus, sûrement
Sauf celle qui est sûre, de me faire fondre en larmes,
chaque nuit.

Le fou est autour

Sûrement je suis fou
Donc je me cherche un centre psychiatrique
Où je pourrai vendre ma folie au médecin
Ô pauvre médecin, tu auras, en plus du pain sur la planche, à trouver assez de planches pour ton pain

Sûrement je suis assez fou
Pour ne faire que regarder
Sans mots
Pour ne faire que parler
Sans attention

Sûrement je suis assez bien fou
De croire sans bouger
Et de croire sans bougie
De donner raison à tout
Et de faire don de ma raison à tous

Sûrement je suis extrêmement fou
De voir l'extrême dans l'artificiel
Et de voir sans extrême le ciel
Qui m'a fait fils d'art, fils d'homme

Sûrement je suis un heureux fou
Qui rêve de simplicité
Dans cette cité de cauchemar
Qui rêve de pureté

Parmi cette purée d'hommes qui en ont marre
Qui rêve d'humanité
Au milieu de la bêtise à outrance
Qui rêve d'universalité
Au milieu de cet univers d'abyssalité

Alors docteur, quel est le diagnostic le plus illuminé ?

Ma page blanche

Tout un rêve en étagère, qui veut tracer des lignes sur des pages blanches...
J'ai mon stylo pour te dire que je t'aime,
Et j'ai ma plume pour te dire que je rêve.
Si tu pouvais lire entre les lignes,
Je me sentirais mieux tel un cygne...
Mais hélas!
Je préfère ne pas remuer la rivière de mes mots,
La laisser calme dans son lit,
Et l'augmenter de mes larmes,
Qui à chaque coulée me ramènent sur des pages blanches rangées à l'étagère... Encore, et encore, le triste sort me sort son encre fort que ces pages peinent à supporter...
Ô j'aurais aimé te donner corps, toi ma page blanche!...

Il semble temps de me rendre dans ces tendres bras qui veillent en silence.
J'entre me refaire la face dans ce coin carré qui chante des cantiques éternels.
Je pars m'entremêler dans les lignes de ces élégantes mélodies qui habillent mon âme.
Loin de moi, je suis obsédé par ce coin.
J'ai une telle envie de te vivre encore plus près, dans le secret de madeleine...

Mon mot de nuit

Aucune sensation d'alors n'a aussi donné d'action à mes sens de voir la lune à l'aurore...
Éclipsé dans la voûte des maux, mon mot trouve son sceau sur ton dos...
Endolori par l'instant, je vais à ton verso, verser ces vers d'ombre d'un être Eveillé par l'orage muette de cette silhouette aux sept paysages...
Bénie sans déni est celle-ci
Jolie sans folie est celle-ci
Belle avec sel est celle-ci
Ça devient vraiment effrayant
Poli avec cette étrange silhouette
Immédiatement
Pour ramper avec des yeux nobles ...
Je vois du beau s'asseoir ce soir...
Et je ne m'en enlise pas.

Je suis trop amoureux pour aimer.

Aude d'as...

Je vais à la Poté-rire pour te chanter une Aude...
Elle est ce que l'être a de magnifique
Elle libère une charge à faire déboussoler son admirateur
Sa voix ensorcelante est une ode à la joie
Son corps, tel un bibelot, est porté par une montagne qui laisserait tout le monde en colline
Sur elle, des perles retentissent
À la voir, elle peut biaiser ta pensée
Par les sentiments qu'elle éveille
À la voir, elle peut te faire sortir du péril
De la solitude dans laquelle tu sommeilles
À la sentir, c'est un parfum qui chante
À l'écouter, c'est une voix qui transcende
On ne peut que se sentir en transe
Quand elle est là
Aucun trait de laideur
Ne la traverse
Elle ne brille,
Elle luit.
Elle ne fait pas rêver,
Elle fait perdre le réel.
Sa beauté infantilise
Quiconque, face à elle, se dit viril
Quiconque, face à elle, se croit fertile
Elle est une myriade d'astres enchâssés
Il n'a jamais fait aussi beau qu'une Aude

Souvenir heureux

Le bonheur,
Même ailleurs,
Me rend meilleur.
J'attends la bonne heure
Pour sortir de ce leurre
Et te rencontrer, même à la sueur
De mon front,
Parce que je suis déjà engagé à fond.
Ô quel jour ! Ô quelle heure !
Bonjour, mon bonheur !
Tu es un mystère en chair
Pour te comprendre, je donnerai chair
Pour te faire savoir que tu m'es chère
Ton absence me plonge dans des chimères
Je veux te savourer à l'aube
Ô beauté d'écume d›aurore !
Tu es scintillante comme Bryana
Tu es brillante comme Cynthia
Tu as été déposée pour m'illuminer
Et pour toi, je dépose cette flamme allumée.
Ta beauté me titille
Ton regard m'émoustille
Tes lèvres me mordillent
Avec toi, point je ne croupis.
Tu es la raison de ma frime
Te voir te lever dans mon cœur comme le soleil
levant,

Me donne vent de te sentir tout le temps en moi
Je suis en joie,
Car mon bonheur est là.
C'est là où mon cœur est
Que trésor pour moi, tu es.
Mon cœur ne saurait être ailleurs
Que là où il est heureux.
Il l'est
Là où tu le mets.

Elle m'a rendu poète...

Il n'y a que toi qui puisses me terrer dans un nuage
Sur lequel tu déploies tes ailes, mon ange
Il n'y a que toi qui puisses me prêter ta plume
Pour élever vers toi des vers de somme
Il n'y a que toi qui puisses rendre au poète ses vers
Il n'y a que toi qui puisses occuper les lignes de mes vers
Il n'y a que toi qui puisses être mon encre noir de tâche dorée
Je veux t'émailler de mille mots
Je veux t'émoustiller d'un nuage de lettres
Je veux t'inviter dans mon monde *kaugummique*[8]
Car il n'y a que toi qui puisses atterrir sur le trône de mon cœur
Tu es la seule qui ne me meurt
Tu es mon unique demeure
Où je retrouve la bonne heure
Tu es ma bonne humeur
Qui calme mes ardeurs
Et me conduit au bonheur
Tu es mon espoir de lueur
Qui me conduit hors des leurres
Tu es le chef d'œuvre du Créateur

[8]Création personnelle dérivée de l'allemand « Kaugummi » : *chewing-gum*. Il faut comprendre ce mot dans l'idée de la matière ; au sens de l'élasticité.

Qui me conduit au meilleur
Tu voles dans mes pensées
Et tu me fonds dans mes idées
Tu es le fond de mes écrits
Duquel je peux sourire
Tu es mon fin modèle de littérature
Qui me plonge dans une infinie fiction d'aventure
Ton sourire forme mes phrases
Tes lèvres déforment mes aphasies
Car tes lèvres me servent de sève
Ta silhouette excite sans désuétude mes strophes
Ta démarche royale m'engage comme Christophe
Je vois bien que tu me protèges complètement de Molière
Je vois bien que tu passes mieux que Baudelaire
Dans tes yeux, je vois des pépites de billes briller à tes paupières pétillantes

Fer de fait

Le rideau de verre s'éclata par ton éclat de fer...
Ce fer s'est fait dans le plus grand secret de DIEU, à l'ombre d'ondes immondes...
Ce fer prit forme d'orge comme sort l'or à son sort...
Ce fer est cet être cher qui chérit ma chair
Mes yeux ne se meurent d'être allumés pour illuminer ta sublime silhouette
Mes yeux aimeraient, chaque jour, percer ce verre sombre autour de ta stature de fer
Pour te découvrir dans toute ta gloire sommaire
Car tu es un minerai de gloire au rayonnement lunaire
Ce fer doux au fait dur est un œillard d'art forgé par mon admiration
À tout battement de mon cœur, c'est de la braise ardente qui s'affine au fer
À tout mot de mon cœur, c'est un bain de polissage que reçoit ce fer
Et au four et pour la mesure, je me fais par ce fer
Poli, amolli, assoupli, tel est ce joyau qui mine, en fête, mes rêves
Et qui me désire plus qu'un fait
Ce fer est mon souchet secret
Ce fer est mon duché blindé
Ce fer est mon ami de compagnie
Ce fer est ma passion de compassion
Ce fer est le moteur de mon cœur

De fait, me défaire de ce fer n'est plus un fait
En fait, je me plais à faire de ce fer mon fait
Pour ce faire, je l'admire dans sa mine
Je l'aime dans son âme
Je cherche sa chaleur
Je vois son châle
Je m'enivre de désir
Et je tombe soûl de son amour

Nuitées chez Florence

Elle s'appelle Florence
Ma rencontre avec elle
M'a laissé en transe
Florence est une fleur à outrance
Tant son parfum m'a tiré de mon indifférence
Florence a transcendé mes pensées de cendre
Dans des enflammées denses
Elle a tout pour faire perdre sens
Florence est son nom connu à moi
À la voir, je crois à un dernier exploit
Car elle est cet être vêtu de soin
Qui délecte son charme au loin
Florence est commune à l'inconnu
Son ombre est un calibre à nu
Mais impossible à saisir à vue
Elle est imprévisible comme une double massue

Amourocide volontaire

De la brume se fait sentir à l'aurore
Elle vient
Elle arrive
Elle est là
Elle me quitte
Et Elle part.
C'est un joyeux plaisir.
Sans cesse je t'épie
Pour m'épiler ce doute de remous
Et voilà ce jour où
Tu m'as laissé en blanc
Je veux t'aimer
Mais je ne sais comment
Faire ; je veux t'admirer
Mais je n'y arrive pas
Je veux te connaître
Mais je ne suis pas simple
Je veux être ton ami
Mais je préfère marcher seul
Je te veux
Mais je ne peux pas.
Délicieusement élégante,
Royalement excitante,
Silencieusement attirante,
Mystérieusement bellissime,
Je commettrais un crime

De demeurer à l'ombre de cette beauté brillante du matin,
Un crime de nuit;
Je veux t'aimer
Mais je suis infantilement jeune,
Jeune pour éclore ce que tu provoques en moi
Jeune pour élever ce qui est prématuré
Jeune pour jouer à ce jeu mystérieux de l'amour
Jeune pour me voir vieux.
J'ai incessamment souhaité
De mourir à mon amour
Et de toujours aimer celle qui meurt
J'ai incessamment souhaité
Faire promener mon amour
Dans les rues à minuit, sans ennui
Pour se dire de fuir dans les collines
J'ai incessamment souhaité
De vivre mon amour
Dans ces prairies hostiles à la ville,
Et qu'on s'enivre du cyprès
Et qu'on vive du vide
Et qu'on se tue à la solitude
Et qu'on meure à la bonne heure
Mais je rêve inlassablement de t'aimer à l'éternité, ô mon unique coup de cœur d'heurts...
Quand on se regarde trop,
Je me fais du mal

Une fois sans cesse

J'ai admiré
Mais je n'ai pas pu le dire
Et je suis resté seul

Une autre fois, j'ai admiré
Mais je n'ai pas voulu le dire
Parce que la première fois, autre, était dans ma gorge
Et je continue seul

Une nouvelle fois, j'ai admiré
Sans dire mot
Mon cœur faible n'était plus affable
Et sur ma langue défilaient, en va-et-vient, mes mots de maux
Et là j'étais las d›être seul

Une petite fois encore, j'ai admiré
Et j'ai parlé dans un cafouillage ordonné
Où les mots sortaient bien, mais pas fort
Car je n'avais pas pesé le retour: motus !
Mes paroles ne trouvaient plus d'écho
Peut-être que je me suis levé trop tôt
Pour prêcher dans ce désert
Où j'ai pu, enfin, trouver une oasis charmante
Et là seul je souffle

Cette même fois, face l'immense douce oasis
Pour cette fois, je questionne l'amour :
Qui es-tu ? L'espace étrange de sentiments parallèles ?
Ou, que dis-je, le point de section de la raison et du cœur ?
Mon cœur veut
Mon âme refuse, et a toujours refusé
Et j'en veux à l'amour.
L'amour serait-il de préférence ?
Fait-il acception ?
Ou déception ?
De ma solitude, tu es la référence

La fille des rêves

Jusques à quand pourrais-je supporter ta portée ?
Jusques à quand aurais-je su te porter?
Chaque jour est une invitation pour moi à ta rencontre sans rendez-vous
Chaque jour est un invité contigu à la solennité que tu revêts...
Ô joyeuse demoiselle !

Eh oui, tu me manques.
Ceci n'est pas de la poésie.
Mais une imagerie d'un être en sursis.
Toujours sûr que cette image nait quand vit le souvenir de ce passé récent...
Ô créature de rêve !

J'ai tant de fois jasé
Bavé. À te voir, j'ai l'eau à la bouche
Mais pas encore la bouche dans l'eau
Tu es une eau paisible
Dans ton lit qui me fait perdre sommeil
Ô simple merveille!

Ces vers sont pour peindre ma Monalisa
Tu es un art

Pure et légère

Quand tu aimes, tu donnes...
Quand tu aimes, tu patientes...
Quand tu aimes, il pleut de la terre...
Tu suis les nuages comme une boussole,
Et les rayons du soleil deviennent un lis en rose,
Et le temps un segment de pur bonheur aux
dimensions légères...

Malaise dans les nuages

Pourquoi une telle charge de feuille morte à mon cœur...
Ah si les mots pouvaient tout dire, mes maux parleraient à haute voix...
Ô Dieu, si les signes pouvaient tout traduire, j'arrêterais de me conduire en singe...
Eh bien, cette charge soulage mon mal et me donne un courage de mâle...
Je suis un martyr sans fouet, tiraillé entre le malaise du cœur et la braise du cerveau...
J'ai peur de me faire peur par mon propre cœur dans mon propre rêve...
Quand je pense à toi, je rêve !

El Engel

Le regard bien fixé vers toi...
Attendant de voir ce qui m'attire chez toi...
Peu importe le temps, j'importerai ce peu jusqu'au grand temps...
Ton silence arbore ma patience...
Ton indifférence colore ma déférence...
Tu demeures mon calame
Même à l'extrême...
Ô savante douceur !

Tu es un lustre de lis
Au milieu des ombres
Qui assaisonnent mes nuits

Tu es un astre
De lumière
Qui éclate toutes les ténèbres
Et qui m'écarte de mes pénibles ennuis
Hors de toi

Tu as été épurée
Sept fois au feu
Et ton accueil m'a été chaleureux
Et dès lors, je désire être ta fonte

Ta beauté est sans pareille
Même les velléités n'oseraient pas se mesurer à ta taille

Car tu as pris de la hauteur sur le reste

Tu es l'élue de mon cœur
Tu as battu les campagnes
Tu as bu les voix
Tu es entrée au palais

Quand je vois ton visage
Dans mon sillage,
Je reprends tout mon âge

Que le Bon Dieu m'en garde,
Si ton sourire est ma source de jouvence
Si ton corps est mon repère dans la nuit
Si sans elle, je ne me réveille le matin
Si ta beauté est d'un angélisme divin

Elle est un joyau architectural sans sculpture et aux mille bitumes
Elle est l'incarnation de la béatitude savante
Celle qui trouble mes nuits
Celle qui soûle mes jours

Oui, c'est bien elle
Elle qui bat ses ailes
Pour me douiller dans son nid
Elle qui bat ses ailes
Pour élever mon cœur dans les airs
Elle qui bat ses ailes
Pour m'imprégner de l'odeur de ses plumes
Elle qui bat ses ailes
Pour dégager mes yeux de la came

Il m'apporte Son ange pour me porter
Je t'écrirai jusqu'à ce que la peau de mes doigts soit lisse

J'écris...

J'écris à celle
Qui inspire ma plume
Par son féerique sourire
Qui me pousse à rêver
Sous le poids de son charme

J'écris pour celle
Qui me donne envie
De croire en l'amour
Que je médite
Dans une mare de souvenirs

J'écris
Pour que ces mots lui parviennent
Et qu'elle se souvienne de chaque lettre
Et qu'elle se rappelle ces moments d'être
Qui sont devenus du flot pour cet être

J'écris
Pour écarter ce flou de mes yeux
Pour garder le son de sa voix à mes oreilles
Pour sentir sa présence
Pour la toucher
Pour avoir toujours des mots à mes lèvres
Pour elle

J'écris
Pour que chaque lettre de ces mots soit des mots
Pour que chaque mot de ces vers parle
Pour qu'il tonne aussi loin que possible
Pour me rapprocher de ma cible

J'écris
Pour panser des blessures de solitude
Pour bander des plaies d'immaturité
Pour anesthésier la douleur des nostalgies
Pour m'opérer de ces désirs de faiblesse

J'écris
Pour me maintenir en vie
Pour tenir ma vie en main
Pour avoir ses mains sur ma vie
Pour vivre entre ses mains

J'écris
Pour étancher ma soif de la lire
Pour me rassasier de la faim de la copier à ma mémoire
Pour donner envie
Pour entrer en vie

J'écris
Pour *sciencer*[9]
Pour l'aversion
Pour me remettre en cause

---

[9]Utilisé dans la langue Nouchi avec le sens approximatif de « gamberger, réfléchir, se mettre en état de bon sens… ».

Pour *décravater*[10] mes peines
Pour éviter la scène
Pour me disjoncter de mes fautes

J'écris
Parce que je n'ai que ma plume contre le soleil
Parce que ma plume est mon mouchoir
Parce que ma plume est mon parfum
Parce que je n'ai que ma plume contre le froid

J'écris
Pour croire
Au lieu de faire croire
Pour croître
Au lieu d'accroître

J'écris
Pour mettre les voyants au vert
Pour être un voyant clair
Pour voir ma rose bleue
Dans son bleu roi

Si je pouvais te connaître dans un dénouement fatidique,
Au milieu de verbe lyrique,
Sans acerbe critique,
Alors je pourrais enfiler ce costard de star au bleu roi...
Hélas, j'écris !

---

[10]Du Nouchi, « soulager, amener au point mort ou à l'état calme… ».

J'écris
Pour me souvenir d'elle
Pour ne pas perdre un seul instant d'antan
Pour me vivifier de ce peu d'instant
Pour la revoir, elle, dans mes bras las de solitude

J'écris
Pour trouver du refuge dans son plumage

Mon écriture

J'écris pour me soulager
J'ai ma plume plongée
Dans mon cœur meurtri
De solitude, et je veux écrire
Le vécu d'une existence
Sans instants
Je veux écrire le non-vu
Pour élever mon vécu
Et entrer dans un monde d'une seule merveille
Je veux écrire cette merveille,
Seulement dans mon sommeil
Pour être survivant de la réalité délétère
Et vivre présent outre-terre
Je veux écrire pour garder, en apnée, la mémoire
Pour me consoler de mes sentiments
Pour oublier les peines du moment
Et pour me mettre hors d'émoi
Mais à chaque coup de trait,
Ma plume saigne en larmes
Avec elle, je pleure autrement ses plaies
Et elle brûle sans se consumer, en flamme.
Je veux écrire à la main
Avec cette plume, mon baume
J'ai gardé des lettres chaudes dans ma paume
Pour la rencontre du lendemain.
J'écris pour demain
Aujourd'hui est bien trop certain

Et hier trop bien loin.
J'écris à Demain
Pour la vision du lointain
J'écris au Temps
Pour entendre son silence me parler prochainement...

L’humble serviteur et la princesse

Ça part toujours d’un déclic
Où le ça est mis en aparté
Avec sa clique.
Ça part toujours d’une relique
Qui implique le moi
Comme invité d’une partie de plaisir
Ça part toujours d’une partie
Où le tout forme l’un
Et rencontre l’autre comme partie
C’est à partir de cette partie
Que le ça s’assoit dans son siège charmant
Attendant le tout de se former en moi

Mon Dieu !

Mon Dieu, je viens à Toi
Pour prendre quelques bons tuyaux
Pour reconnecter certains circuits de ma vie.

Mon Dieu, Tu es le tuyau sans faille
Qui ne connaît pas d'obstruction
Quand Tu es là
Le circuit est parfait.

Mon Dieu, Tu es le Bon Berger.
Celui qui marche dans le vide,
Tu lui donnes un espace plein
Dans Ta bergerie.

Mon Dieu, Tu es le meilleur Ami.
Celui qui ne sait plus en qui se confier,
Tu lui apportes Tes oreilles, Ta bouche, Tes bras, Ton côté
Sur un plateau d'or, Ton intimité.

Mon Dieu, Tu es le grand Amour.
Celui qui aime par fréquence,
Tu lui renvoies un amour au quotidien.

Mon Dieu, Tu es le Roi des rois.
Ta Majesté est au-delà des majestés
Que Tu as créées.

Mon Dieu, Tu es le Créateur.
Tu juges bon de faire tout en Ton temps
Et de faire tout bon.

Mon Dieu, Tu es le bon Sage.
Tu sais déjouer les plans du fou
Et Tu fais connaître Ton plan à qui veut savoir
Car Ta Sagesse est de l'allégresse et au-delà de la Grèce.

Mon Dieu, Tu es le Sauveur.

Brouillards nocturnes

J'ai envie de te voir.
Si j'en étais capable,
Je serais heureux de ce moment et du moment.
Même si je m'accrocherais à une chimère,
Mon seul désir est de te voir faire la joie de mes peines.
Même si tout ce dire n'est que littérature à tes yeux,
Mon seul désir est de te vivre même loin de tes cieux.
Même si je ressens sans cesse dans la cécité de mon cœur,
Mon seul désir est d'entendre ta voix et de chanter ton nom jusqu'à mon prochain bonheur.
Même si je ne touche pas ton cœur,
Mon seul désir est attaché à toi seule...

On est deux

C'est nous deux;
Juste toi et moi loin d'eux.
Nous deux heureux,
Main dans la main
Jusqu'au lendemain.
Nous deux opiniâtres
Nous deux ce soir
Sans filtre
Ni fil
Et opaques dans nos entrelacs...
Le monde nous regarde.
Mais nous deux,
Nous nous voyons.
Nous marchons
Dans le plus grand secret
De DIEU, loin des yeux indiscrets.
Je me laisse dans tes mains,
Tu ne te lasses des miennes.
Je suis sûr d'une chose:
Avec toi, je suis sur des roses
De pierre,
Au milieu des eaux claires.
Le monde nous regarde, moi seul te vois, femme !

Amour à l'ombre

C'était ce jour-là, j'ai rencontré le soleil dans sa splendide allure...
Ce soleil m'a paru
Et me voilà, depuis ce moment-là, être sa parure.
À chaque moment de son rayonnement,
Je ressens la vie, même à son ombre.
À chaque onde qui vient de lui, je me sonde.
Je me sonde par son éclat;
Je m'éclate par sa présence,
Et je me sens si seul par son absence.
C'était ce jour-là, la lumière avait une forme. Elle était angélique,
Impossible de relique;
À la voir, rien qu'une seule réplique :
Dans mon cœur, tu piques.
Depuis ce jour-là, sa piqûre est ma cure d'existence,
Loin de toute pénitence...

Saudé[11]

Une première distance, résistance !
Une deuxième distance, persistance!
La troisième, en ta présence !
À force de me panser de ton absence, j'ai récusé les
Rêves; seulement d'Eve je te connais, et
Infiniment je me réjouirai d'être ton
Alyssum fantastique...
Je rêve de ce moment où tu seras dans mes bras.
Je rêve de vivre tant de romance avec toi.
Je rêve d'avoir cette chance auprès de toi.
Je rêve de t'emmener loin des regards
De t'aimer patiemment
De te chérir silencieusement
De te préférer jalousement
Depuis ce moment-là, tu m'as fait l'effet d'un sort
Je préfère en ignorer la cause pour me joindre à toi,
jusqu'à la mort.
Depuis ce moment-là, je te dédie ces lettres en vers
Pour rendre en art mes peines
Pour le souvenir
Pour rendre hommage à l'effet produit.
Je sens à flots pour te rejoindre de l'autre côté de la
rive, ô ma riveraine adorée !
Je veux naviguer, avec toi à mes côtés, pour parcourir
de magnifiques odyssées, Ô ma capitaine préférée !

---

[11]De l'Éwé, ethnie au Togo, qui signifie « au revoir ».

Maintenant je pars pour le froid
Je veux te voir encore une fois
Encore plus loin de toi, le froid sera plus canardesque
Et je veux sentir ta chaleur me chatoyer à la manière livresque
Je veux suivre les lignes de tes courbes
Me perdre dans tes paumes douces
M'enivrer de ton sourire plaisant
Me livrer à ta bonne grâce de beauté
Le son de ton silence me berce
La douceur de ta voix me caresse
Ton corps me met à l'aise
Et je ne fais que subir ton effet de fraise
Viens, ma très chère !

Beau, beau, le temps.
Laide, laide, la température.
Chic, chic, le soleil.
Choc, choc, la ville.
Je suis un jeune moine en automne.
Je veux un temps moins morne.
Je porte ma soutane de couette
Et vais m'aliter sur mon gigot de mouette.
Ô ma mouette chouette
À la belle côte de lettres !

Voyage en orbite

Vos yeux sont une étoile polaire indiquant le nord
Moi quand je vous regarde, je vois le chemin du retour
Vos yeux sont un réconfort,
Quand je vous regarde, j'en trouve
Aussitôt encore.
Vos yeux sont un carquois d'éclair
Moi quand je vous regarde, je vois ce qui me plaît
Vos yeux sont exquis d'un spectacle de couleurs
Quand je vous regarde, je vois un jeu de lueur.
Vos yeux sont d'ores un souvenir circulaire.
Moi quand je vous regarde, je vois une mémoire à grande aire
Vos yeux sont un manoir royal
Quand je vous regarde, je vois une terrasse éclairée du méridional
Vos yeux sont un refuge de soleil
Moi quand je vous regarde, je vois mère Courage avec ses enfants à votre seuil
Vos yeux sont un espoir d'amour
Quand je vous regarde, je vois un réservoir de doux remous
Je vous regarde parce que vos yeux me sont un éternel confort
Votre regard dégage précieusement une brise
Qui m'engage délicatement à votre emprise
Au plus grand regret de mes yeux,
Je ne vous vois que plus près de moi de mieux en mieux

Pardonnez-moi de prendre part à vos yeux comme une messe
Méditant, par votre don, votre regard de déesse
Pardonnez-moi de vous donner la place d'honneur
Au sein de cette orbite qui gravite autour de votre cœur
J'aime voir votre sourire scintillant en voûte dans sa courbe céleste
Car j'attache de l'importance au style.
Votre doux silence me séduit.

La sagacité de son regard

Quand je l'ai vue pour la première fois, c'était un jour tendre glissant sa fraîcheur dans mes yeux,
Je n'ai vu qu'une beauté de feu s'approcher de moi,
Ce jour était de plus brillant à sa vue
Ce jour se distinguait des autres
À cette première fois, tout était nouveau
À cette première fois, tout était dodu
À cette première fois, tout un papillonnement bidouillait dans mon ventre
À cette première fois, je me croyais en présence d'un épicentre
À cette première fois, je me voyais revenir d'un effondrement
À cette première fois, sa face éclairait le jour d'un particulier rayonnement
Ce jour connaissait le mérite d'être différent
Ce jour me souriait de tout son éclat
Ce jour me semblait être interminable
Ce jour me rendait incroyablement téméraire.
C'était un jour où cette étoile brillait en plein midi
C'était un jour où la notion du soir m'était d'un dégoût inouï
C'était un jour où tout son long était d'un faste infini
C'était un jour où tout en moi se mouvait de secousse par son effet produit
Depuis ce jour, je vogue aux scintillants clignotements de ses yeux

Depuis ce jour, je navigue sur le flanc de son sourire
dessiné à ses lèvres de chef d'œuvre
Depuis ce jour, je nage à flots pour me noyer dans le
son de sa voix émerveillée, chargée d'une splendeur
fantastique
Depuis ce jour, je rêve d'odyssées, guidés par la
boussole de son corps oriental, à l'ultima Thulé d'un
monde magique
Quand je l'ai vue pour la première fois, j'ai voulu la
regarder encore plus toutes les autres fois
Elle a des yeux qui m'entrent au cœur comme des
vrilles

À ma manière

Sûrement un idiot je suis,
Entrain de courir vers aucune suite.
Je me déçois de ton indifférence
Parce que dans mes sentiments j'ai montré assez de déférence.
Certainement je n'en suis pas si sûr,
Parce que tu me montres sans cesse un mur.
Peut-être pas le temps, peut-être non
Mais je suis persuadé de ton nom
Je n'attends qu'une réponse,
Qu'elle soit mauvaise ou bonne.
Certes j'en fais trop,
Mais je veux finir tôt.
Certes je ne suis pas doué sur la manière,
Mais je veux t'aimer d'un amour que je te réitère.
Ce soir, je soulève avant le jour
La même question sans secours:
Que dois-je faire ?
Je t'attends jusqu'à plaire...
Certes je ne suis pas un parfait être,
Mais je veux juste entendre tes lettres.
Sûrement je rêve trop
Pour penser quelque chose tôt.
Que l'espoir
Ne me choit !
Je sais que tu voudrais vivre ta vie,
Mais je ne saurais vivre la mienne sans toi

Je sais que tu voudrais être seule,
Mais je ne saurais être seul sans toi
De là où je suis,
Je n'ai que les mots pour me suivre
De là où je suis,
J'ai aussi la foi pour faire preuve de suite
De là où je suis,
Je ne saurais t'aimer corps à corps
De là où je suis,
Je ne saurais t'aimer comme le commun des mortels
De là où je suis,
J'aimerais être à ton niveau
Sentir ta chaude chair sur mon dos
M'évader avec toi dans un lieu clos
Te louer mes plus beaux poèmes à tes séduisantes oreilles,
À un reluisant coucher de soleil,
Crépi de ton sourire de miel qui m'attire telle une abeille
Je t'aime à ma manière,
Je cherche dans ton cœur ma bannière,
Tu es mon meilleur navire quelles que soient les mers,
Tu es ma dame de fer,
Je veux être pour toi un homme, très chère
Je t'aime même au-delà de la terre
Tu es ma manière
Tu restes ma conquête dont je suis fier

Les choses de l'amour

Tu sais, l'amour nait d'un manque
Et ce manque n'est que de soi-même
Je me suis tellement observé en flanque
Que j'ai vu ce qui m'était un problème
Je n'avais jamais vu autant de beaux yeux
Traversant même les ténèbres
Oui, je les ai vus, désirés, consommés
Son regard me consume d'un sentiment analgésique
Oui, par ses beaux yeux, je vois mieux
Car il me manquait ces yeux pour percer ces cieux gracieux
Le Seigneur des cieux a su mes souffrances d'yeux
Et en a taillé soigneusement dans le firmament d'une douceur et splendeur étoilée
Depuis ce moment-là, ses petits yeux palissés d'étoiles me brillent
Puis, il y a ses lèvres
Étendards bien posés au millimètre près
Qui font voguer loin des fièvres
Archétype bien modelé à la sensation fraîche
Qui fait voir les mots sur ses bords en saillie de crèche
Véritables bijoux d'une élégance précieuse
Qui la rendent, au regard, plus pulpeuse.
Depuis ce moment-là, ses fondantes lèvres me prononcent des grilles.
Ensuite, c'est son nez

Taillé à la pointue de majesté
Étendue de tendre étau
Dans lequel je suis pris de trop
Surface dimensionnée tel un joyau
Qui mesure la qualité de son corps beau
Depuis ce moment-là, son doux nez m'embrouille
Par ailleurs, viennent ses oreilles
Pure nature
Légères comme tout
Finesse particulière au pétale de rose
Forme radieuse de bout en bout aux boucles
Je n'invente rien, ses oreilles sont obnubilantes
Véritables pavillons d'honneur clignotant son éclat
Depuis ce moment-là, ses merveilleuses oreilles sont l'oreiller de ma poésie

Avant tout ceci,
Je m'étais imaginé que ça serait trop surréaliste
Mais après tout ceci,
J'ai réalisé que tu existes
Parce que les choses de l'amour ont un sens,
Mais lequel?

Mot'arts

Ne tombe pas amoureux de mes doux mots.
Ce sont mes propres maux.
Je n'écris pas pour la rime, ni pour la frime;
j'écris pour me retrouver, pour rêver.
Les mots sont un labyrinthe à multiples entrées et à unique sortie, la poésie.
Sonde les écritures.
Que tes maux rendent heureux le fou ignorant et contagieux l'inculte sachant...

Ode à Alicia…

Je suis tombé dans le beau gouffre de son charme
Tel un clébard, j'ai cherché mon os en elle
Tel un clochard, j'ai cherché mon logis chez elle
Tel un croquenot, j'ai voulu me faire cirer par elle
Tel un péquenaud, j'ai vu la nature sur elle

Je suis tombé dans le beau gouffre de son charme
M'en sortir est le dernier de mes soucis
Y demeurer est mon désir
Mais tel un essaim
d'abeilles, il en a fait tomber d'autres en son sein

Je suis tombé dans le beau gouffre de son charme
L'idéale victime, je me sens
Dans cette guerre sucrée
Et sapée d'illusions

Je suis tombé dans le beau gouffre de son charme
Un charme d'essaim, c'est sûr...
Mais un gouffre d'écume, c'est certain...
Écume illuminée, au sang-mêlé, et sans bave
Ô diantre, face à tant de beauté, je n'ai pas été brave

Je suis tombé dans le beau gouffre de son charme
Ma faiblesse d'aimer m'a fait perdre la force d'être debout
Je n'ai que mes yeux pour scruter le bout

De ta forme divine, ta beauté céleste, tes yeux d'ange, tes lèvres de sirène...

Je suis tombé dans le beau gouffre de son charme
Tu chatouilles mes rêves de ton soleil
Et mon cœur ne peut que crier : alléluia !!
Quand il entend le son de ta voix
Ta beauté ne connaît pas de soir ni de nuit
Car, à jamais, elle met ses victimes à jour.

Tu es un ange du midi
Qui point majestueusement au ciel,
Mais fait de terre,
De terre fertile,
Fertile par sa composition :
Ton humus est ton sourire
Ce sourire enraciné dans une dentition d'hiver neigeux
qui crée de l'azote à ta douce voix
Et mouillé par les pépites de tes yeux d'ange
Ô que dire de ton teint ?
Telle une feuille de printemps,
Ton teint est si jeune et sain
Qu'il donne de l'été à chaque homme
Ton teint est plus qu'ébène,
Il est d'Eden
Un teint-modèle
À la couleur du miel
Ton corps aux arômes
De pomme,
De mangue,
D'orange

Repassent mon odorat
Et créent en moi l'envie de jardinier,
Pour arroser ton corps de tournesol…
Ô comme j'aimerais me reposer sur ses cuisses, racines aux bornes singulières
À la dimension du baobab offrant ombre et vent
À la beauté de l'oasis procurant refuge et repos
Elle me fait de l'effet à chaque coup de regard que je lui porte
Je vous le dis en vérité : tout est à jour sur elle
Le soleil ne se couche jamais chez elle: au commencement, le jour
À la fin, le jour
N'attends jamais le soir pour la cueillir !

Avec son sourire succulent:
Quand elle sourit, rien à faire
C'est un opium:
Mon corps me lâche et je tressaillis en moi-même tel un possédé

Quand elle me regarde, rien à faire
C'est une charge:
Je ne peux pas la supporter
Tant le regard est un lourd poids de persuasion et
Là je me rends compte combien de fois je l'aime
Sans pouvoir me sentir
Car elle me caresse de son regard
Et je subis des frissons muets

Ô que ta lumière rend vie à mes rêves...
Tu es seule visible à mes yeux...

Ta beauté floute les autres avec condescendance...
Tu es un soleil
Élégant à son aube
Qui augure une aurore
Dans sa magnificence
Tu es la plus belle histoire de mon récit !

Ô que ta beauté est fatale !
Devant elle je me sens fantôme.
Je lui tire donc ma révérence
Et je laisse couler cette ode
Pour magnifier celle qui baigne mes sentiments en vogue,
Ils peuvent vaciller,
Mais jamais chavirer,
cette ode à Alicia !

Que faire quand le bonheur frappe fraîchement dans la frontière,
La passe
Et s'y installe
Comme un baume versé à mon âme de calice ? Ô Alicia !

Tu es toujours un plaisir pour mes yeux...
Et comme toujours, tu es en grasse beauté
Et j'ai cette faveur de t'aimer toujours, car tu es en belle grâce, ô Alicia!

Tu es tentante comme une pomme à croquer
Ta douceur smaragdine me tente à craquer
Et jamais, je ne saurai digérer une seconde d'absence

de cette pomme
Et à jamais, je désire en prendre pour, de bonheur, une bonne somme …

Aria

Elle, c'est Aria.
Elle était belle, elle l'est toujours,
Toujours encore plus.
Elle est originaire du Togo, terre la moins aride de beauté.
Rien ne se perd sur elle, on retrouve sur elle toute la générosité africaine, la saveur des savanes.
Elle est une forêt d'une densité élégante parsemée de la qualité du soleil togolais.
Elle, c'est Aria.
Juste son nom est une exception gardée de la nature
Qui est formée loin des bruits des buissons,
À l'abri des fronts sauvages.
Juste son nom est un appel à la gambade
Qu'on a envie en plein vide
Juste son nom invite le respect,
Le respect d'un être hors du commun,
Un être à part par la grâce que ses courbes dégagent,
Qui courbent ses courtisans, en courbette, à son passage.
Une grâce qu'on ne se mérite pas sans misère.
Juste son nom est une grâce de classe.
Je vous l'avoue: j'ai un faible pour le A.
J'ai toujours aimé le début,
Et jamais je ne croyais finir sur elle.
Elle est cet A d'Afrique
Qui rappelle la source, la couleur, la femme

Elle est cet A d'Amour
Qui renvoie à l'origine, la pureté, la jeune fille
Elle est cet A d'Art
Qui signifie la nature, la différence, la poésie.
Elle, c'est Aria.
Elle était belle, elle l'est toujours,
Toujours encore plus.
Elle est silencieuse, gracieuse, radieuse.
Juste son nom est une feinte composée,
Ce qui la rend si simple.
Elle a un A d'Alicia.
Oui! Je l'ai connue sous Alicia,
Son nom à l'éclat de délice
Magnifique tel un diamant marquise.
Elle a un R de Ravissante.
Oui! Je me sens ravi d'être ravi par son charme,
Un charme royal, magistral, monté de toutes pierres,
de pierres précieusement ravisseuses.
Elle a un I d'Inconnue.
Oui! Je ne l'ai connue que sur ce « sous »,
Parce qu'elle est surréaliste,
Plus qu'une femme bien réelle, elle est un bon
mystère caché par le ciel.
Il faut être éclairé pour la percer,
Il faut être clair pour la semer,
Elle est l'héritage d'une postérité de lumière.
Elle a, oui encore, un A à la fin tel un Aimant.
Oui ! Du début à la fin, elle attire
Oui ! De haut en bas, elle attache
Oui ! Juste son nom est une note, une note nouvelle
et unique
Qui ne se joue que sur du nuage, un nuage au goût de

soleil sucré et de lune jaspée.
Ce nom est un litre de rose
Qui ivre qui ose
Qui pique morose.
Ce nom, elle l'a,
Elle, c'est Aria.
Elle était belle, elle l'est toujours,
Toujours encore plus.
Son nom souffle la vie en plénitude
Son nom respire l'air sobre
Son nom symbolise la surface profonde
Son nom est une cantate de baronne
Son nom est la braise de bois chauffés
Son nom est désodorisant des puanteurs
contingentes
Son nom gambade glorieusement dans mes grandes
gamberges
Son nom est mon appétit de créer au monde
Son nom est mon instinct de procréer, de me créer
Son nom m'amuse, m'attise, me recluse, me bise
Son nom est Muse, Nymphe, A(f)rodite, Joséphine,
Miranda, Madeleine, Rose, Élixir, Élise, Élisabeth,
Beth Sheba, Aria, la fille du Roi... Nul ne peut le biffer
! Ni moi, ni elle(s) ! Ni lui, ni personne! Ni autre!
Son nom témoigne d'une candeur sempiternelle
Son nom est à ouïr in petto par sublimes
enchantements
Elle est faite de matière dont se font les rêves
Sapristi ! Sapristi ! Je croule sous un délire fascinant,
exaltant,
Sous le délire de ne médire ce nom qui fait songer à

une libre bagatelle
Aria s’appelle-t-elle!

Ses yeux

Yeux de déesse
Yeux de hardiesse
Yeux simples
Mes yeux-cible.
Genre d'yeux
Qui ne voit que l'élu.
Sans eux,
Je me sens exclu.
Plus je les vois.
Plus j'ai la foi.
Même derrière l'écran de verre,
L'objectif reste le même, vrai...

Dans ses yeux se repose la magie qui est sienne
Dans ses yeux, je m'entends battre le cœur mien
J'aime ses yeux,
Reposant comme le fleuve
Doux comme la rosée
Véritable chef d'œuvre
Sculptés dans le plus grand des secrets,
Ses yeux sont un secret qui révèle peu au petit prince
Ses yeux sont un livre qui mène à un ailleurs qui est
sien

Ich küsse deine Augen

A une amante...

Chaque jour, vous me manquez.
Chaque instant, je me demande si c'est réciproque.
Et j'aimerais prendre encore plus de distance,
sûrement parce que vous avez besoin de temps,
Mais je n'y arrive pas.
Désolé, je vous aime fort, et c'est plus fort que moi.
Ne pensez pas directement à un poème,
je vous dis seulement que je vous aime,
Je vous dis ce qui me hante
Je vous dis ce qui me tourmente
J'aurais aimé voir ailleurs,
Mais j'en suis incapable,
et je me le refuse.
J'aurais aimé être meilleur,
Mais sans vous c'est peu probable,
Et ça m'abuse.
Je me fais beaucoup d'idées pour ne pas vous
manquer chaque jour.
Je sais que ce mot, vous l'avez, dans votre belle
existence en fleur, entendu de plusieurs et par
d'autres;
je ne suis donc pas le premier ni le dernier à le dire,
Mais quel est votre dernier mot ?

Un bon matin de neige,
J'aurais aimé vous lire blanc,
Mais mes pages sont digitales

Et dans ce désordre de réalité, je perds de vue votre fraîcheur
J'ai envie de réalité
De m'aliter avec vous dans le froid
Et laisser nos amours geler dans nos émois

La moitié invisible

J'aurais aimé signer mes textes par votre sublime sourire.
Ils auraient plus de crédit.
J'aurais aimé décrire dans mes textes comment vous êtes.
Je ne trouve pas les mots parmi tant d'autres pour le faire.
J'aurais aimé dire dans mes textes ce que vous êtes.
Tout un défi d'inlégèreté qui ronce mon handicap devant votre majesté.
J'aurais aimé vous écrire tout le temps.
Je manque de force à tenir la plume dans l'encre pour une performance dont je ne suis digne vraiment.
J'aurais aimé vous voir face à moi pour peindre mes textes.
Je perds le contrôle des couleurs, la manie de la toile, et la bonté de l'œil.
Je me trahis moi-même dans mes textes.
Voulant trop tisser avec des fils qu'il ne faut pas,
Et je fais déborder la cadence de cette architecture picturale dans des faux pas.
Je découvre du peu nécessaire qui arbore cette rose magnifique dont le sourire Est telle une rosée qui atterrit
Sur la langue suspendue du survivant asséché.
Je ne déborderai pas de trop pour ne pas me faire mal,
Je me limiterai au peu pour continuer mes pas de mâle.

C'est un honneur de vous écrire avec moins de
teneur et plus de saveurs
C'est une horreur pour moi dans mes écrits de ne pas
savoir sentir votre douceur et toucher votre cœur...

Quand elle arrive

...et elle descend de son trône, d'un bond asymptotique....
Et elle prend le pas lent pour entrer en silence....
Et elle marche d'un rythme anodin qui soulage les marches....
Et elle avance dans sa stature d'êtr'ange sublime.
Et je tombe là enamouré.

Son sourire me courbe admiratif...
Ses courbes me sourient sans fantaisie...
Elle est extraordinaire, parce qu'elle n'a point de semblable...

Quand je suis jaloux...

Quand je t'aime, je suis jaloux;
Je ne saurais m'excepter à l'approche de Dadju[12].
Quand je suis jaloux, je te le prouve,
Car j'aime ce qui m'est cher,
Ce qui m'est cher n'a pas de prix évaluable,
Mais une valeur inestimable.
Quand je suis jaloux, je t'estime,
Je veux te garder à mon cœur
Et faire envier mes pensées
Quand je suis jaloux, je te veux mieux,
J'ai tendance à te voir
Quand je m'inflige des sentences
Quand je suis jaloux, je suis doux,
À un goût silencieux, sans résine
Quand je suis jaloux, je deviens humain,
J'anticipe sans attaque
Quand je suis jaloux, je deviens un capitaliste vergogneux,
Je régule, à ma manière, les regards de travers
Quand je suis jaloux, je deviens égoïste,
Tu es mon tout à part entière
Quand je suis jaloux, je me perds au beau milieu de nulle part,
Je deviens un îlot sans eaux

---

[12]Artiste chanteur francais, connu pour ses textes sentimentalistes.

Quand je suis jaloux, je suis beaucoup plus certain,
Je perds encore moins le sens du doute
Je te déclare ma flamme de jalousie,
Une flamme éternellement circonstanciée,
Qui se ravive à un ascendant degré,
Juste par ton regard sublime,
Juste par ta silhouette qui éblouit,
Juste par tes mots chauds à mon ouïe,
Juste par ton toucher qui inspire,
Juste par ton passage près de ma chair.
Quand je suis jaloux, je me connais
Du moins, je sais que je t'aime
Sans doute, je suis sous haute pression qui me plaît
C'est toujours un plaisir d'être ton jalousier,
Ô mon éternelle jalousie!

Etrange et clair.

J'ai vu le monde s'effondrer pour lui faire place.
Son aspect n'avait rien de commun et faisait objet de chasse.
Je n'avais jamais vu une telle apparence se montrer aussi vraie.
Il a fallu me rendre à l'évidence aussi près.
Rien de ce qui existait ne lui résistait.
Une créature pareille n'a rien à envier sur terre.
Sa posture exerce une prestance de pression
Sur ces personnes de possession.
Fabuleux de chez fantastique, l'impression de conte,
Pourrait-on se sentir en acompte avec suspicion.
Je vois la brise de mer soufflée de ses yeux.
Je vois des vagues en surbrillance avec le soleil des cieux.
Je vois son corps vêtu de toute la flore à couvert d'insolation.
Je vois tout son être s'imposer par le devenir de l'insulation.
J'ai battu du cœur pour le regard.
J'ai couru après son cœur avec égard.
Il a fallu de peu pour y voir le nécessaire.
Le reste de ce tout n'est rien qu'une suite de ce texte d'une étrangeté assez claire...

Poésie du lendemain

Les mots que je te dois,
Après ce que je vois,
La langue française ne les a pas,
À mon plus grand regret.
Les autres langues, non plus,
Ne pourront me faire prêt
De leur vocabulaire,
Pour dire que tu m'as plu.
Ce serait m'engager dans une parallèle
Du vide et du dessous,
Et donc je me limite à ces syllabes de plein air
Pour tenter ou plutôt pour essayer de te rembourser.
Prends ceux-là en garant
De ma bonne foi pour toi, oui pour toi !
Mais n'oublie pas : tu me dois un sourire,
Qu'aucune lèvre n'a osé dessiner, ni désigner,
Qui est inconvertible et direct dans sa ligne.
Je prends ceci, ce rêve, en gage
De l'irréversible,
Car le temps ne rêve pas de demain, demain est le temps.

Je vous aime, femme !

Combien je vous aime
Je vous aime
Et je vous aimerez
Je vous aime sans raison
Ma raison vous aime sans sentiments
Mes sentiments aiment votre raison
Mon amour pour vous a raison de mes propres sentiments

Combien je vous aime
Innombrable est cet amour
Insondable votre cœur de beurre
Immense l'espace que vous m'offrez
Je vous aime comme aime l'état de mon âme
Mon âme vous offre la plus belle fleur de son jardin, la fleur bleue
Chaque jour dans l'éternité de votre présence,
Je vous laisse mon cœur en feu vert
Toujours assis sur ce banc vous attendant de me lever de ce blanc

Combien je vous aime
Je vous ai aimée avec raison
Et la raison m'a distancé
Pour vous aimer encore plus que jamais
Vous m'êtes monté à la tête
Vous savoir loin de moi me démembre

Vous y rejoindre donne sens à ma quête
Pour célébrer votre exploit de la plus belle des manières.

Vous femme de jour
Vous avez donné naissance à un amoureux fou
Vous femme de temps
Vous avez réveillé un amour à votre élégance
Vous femme de silence
Vous avez mis mon cœur en branle, dans tant de tourmentes en sourdine
Vous femme de mon rêve
Vous réalisez ma fantaisie à mon esprit défendant

Je vous aime d'un bonheur insatiable
Je suis heureux de vous aimer désespérément
Je vous aime au plus fort de mon mieux

Combien je vous aime
À la bonne heure, au bon crépuscule
Je vous aime loin des soupçons du soir
Je vous aime sans pénombre
Sans accès au néant, dans l´oubli du sombre
Je me comble de vous
Sans cesse dans l'espoir d'être capable
D'aimer à unique prix une femme, vous !
Vous êtes la seule perle qui est rare et qui existe.

Combien je mérite de vous aimer ?
Je recherche la performance de vous aimer
Sans faillir à tort dans la cause de vous aimer.
Je vous le dis pour redire ensuite

Jusqu'à ce que je vous aime à la mesure de votre beauté,
Hautement bâtie soit-elle.
Je veux vous aimer avec vous comme tel
Jusques devant l'Éternel.

Liebe ist ein Wunderzeichen

Ich schaue zurück auf die wunderschöne Zeit...
Die jetzige lässt mich in Bewegung...
Ô du, mein Schatz, ich komme vorbei,
Um deine Augen zu küssen für die Zukunft...
Warte, warte, ahne nicht.
Ich bin zu dir, wenn diese Welt eine Fläche für uns beide schenkt.
Dann schaffen wir zusammen unsere wunderschöne Zeit in Lieb und Leib...
Ich denke an dich nach so langer Zeit
Und suche nach deiner frischen Anwesenheit...
Ich sehne zurück nach deiner Seele.
Hoffnung bleibt mein Tagesbrot
Und Sehnsucht meinen Nachthalt...
Ganz egal, wo du bist,
Bist du immer bei mir.
Lass uns einfach lieben in unserer eigenen Ruhe!
Auf Wiedersehen, meine schöne Zeit!

Epilogue

Toutes les pensées, tous les sentiments sont là, agglutinés sur la toile dans une indifférenciation profonde ; c'est à vous de choisir. [...] la poésie est du côté de la peinture, de la sculpture, de la musique. [...] Les poètes sont des hommes qui refusent d'*utiliser* le langage. Or, comme c'est dans et par le langage conçu comme une certaine espèce d'instrument que s'opère la recherche de la vérité, il ne faut pas s'imaginer qu'ils visent à discerner le vrai ni à l'exposer. [...] Ils ne parlent pas ; ils ne se taisent pas non plus : c'est autre chose. [...] En fait, le poète s'est retiré d'un seul coup du langage-instrument ; il a choisi une fois pour toutes l'attitude poétique qui considère les mots comme des choses et non comme des signes. Car l'ambiguïté du signe implique qu'on puisse à son gré le traverser comme une vitre et poursuivre à travers lui la chose signifiée ou tourner son regard vers sa *réalité* et le considérer comme objet. L'homme qui parle est au-delà des mots, près de l'objet ; le poète est en-deçà. [...] Le poète est hors du langage, il voit les mots à l'envers [...] Comme il est déjà dehors, au lieu que les mots lui soient des indicateurs qui le jettent hors de lui, au milieu des choses, il les considère comme un piège pour attraper une réalité fuyante ; bref, le langage tout entier est pour lui le Miroir du monde.[13]

[13]Jean-Paul Sartre : *Qu'est-ce que la littérature ?* Editions Gallimard, 1948. P. 15-20.

TABLE DES MATIÈRES

POÉSIES DÉJÀ PARUES

Le pouls de l'existence – Ati Migada
Le mur blanc de toi nombril – Snayder Louis-Pierre
Le temps d'une vie – Kodzo A. Vondoly
La vallée de nos larmes – Anicet Kouamé
La mandoline du silence – Jean Baptiste Guten Rachad
Le sein gauche de la ville des Gonaïves est une cigarette – Feguerson T.
Qui suis-je ? Collectif
Je détestais le monde – Ahossan Jean-Yves Tanoh
Nous sommes Bouba – Collectif
Mon pays sur mes lèvres – Jean-NoëilKouagn
Brin de Poésie – Ange Patricia Kouamé
Comme les oiseaux du ciel – Assoumou Tano Félix
A Cappella pour Fadyla – Abdal'Art
Silence brûlant – Collectif
Symphonie pour Arafat DJ – Collectif
A vif – Aimée Mazia
Miroir du siècle – Konaté Djakaridja
Rêveur de rêves – Marc Onesime Tiboui
Mille couleurs pour un objectif – Aboubacar Sidick Cissé
Egérie – Abdal'Art
L'ombre d'une douleur – Collectif du CELL
La Rose Bleu de l'amour – Jean-Duval YOBOU
Les éclipses de la dignité – HIEN Toh Alphonse
Les lignes de mon cœur – Beugré Othniel Chrys Jemuel

Réalisation des maquettes : GNK Éditions

09 BP 3232 ABIDJAN 09
TEL : (+225) 07 57 44 99 00
Site : www.gnk-editions.com

ISBN papier : 978-2-37806-463-1

Imprimé en Côte d'Ivoire par GNK Impression
gnk.impression@gmail.com/(+225) 07 57 44 99 00

Dépôt légal N° 18228 du 03 Janvier 2022
1er Trimestre 2022

www.ingramcontent.com/pod-product-compliance
Lightning Source LLC
LaVergne TN
LVHW041214150826
845673LV00001B/401

* 9 7 8 2 3 7 8 0 6 4 6 3 1 *